大人の流儀9

a genuine way of life by Ijuin Shizuka

ひとりで生きる

伊集院　静

講談社

ひとりで生きる　大人の流儀9

ひとりで生きる

人は一人では生きていけない。

若い人たちの中には、僕は、私は、一人で生きることにしたんだ、という人もいよう。それはそれで若い時に、一人で生きること、独りを知ることは悪いことではないし、他人の力は借りず生きようという人や、自分の性格は他人と上手にやっていけないから一人で生きることにしたという人もいるだろう。一人で生きることは、孤独というものを学ぶということでも、己を見つめてみる時間を持つということでも、良いことだろう。

しかし世の中は若い人だけではない。いろんな人が生きている。

そんな人の中には、一人で生きざるを得ない状況、立場の人は、私たちが想像するより多勢いる。

家族、伴侶を失った人もいれば、置かれた立場が一人で生きざるを得ない人もいる。

そういう人たちが、何かの折に、一人でいることに戸惑い、不安になり、どうしたらよいのか途方に暮れることがある。

私の周囲にも、そういう人たちがいて、その切ない気持ち、揺れ動く感情を耳にすることもある。

「何やら淋しくて、どうしようもないんです」

「一人でいると不安でしかたありません」

中には開き直ってしまったのか、

「伊集院さん、所詮《しょせん》、人間は一人で生まれ、一人で死んで行くのよね」

と言う人もいる。私はそう言われると、

「人は一人では生まれないし、一人で死んで行くことはないと思います」

とはっきりと言う。

両親が存在していたから生まれたとか、孤独死は、その死の状況を見るから、そう思えるのだとか、屁理屈でそれを否定しているわけではない。

極端な言い方をすると、人は生まれた時から一人ではないし、この世を去る時も一人ではない、と私は思っている。

人間という生きものは一人で生きるようにできていない。

〝依《よ》るべきもの〟という言葉がある。

この言葉に馴染みのない人には、寄り添うことと思ってもらえばいいが、〝寄り添う〟のニュアンスの中には、互いの意志のようなものがあるが、〝依るべきもの〟とは人と人だけのことではない。

たとえば、〝希望〟というものがある。〝夢〟というものもある。

〝希望〟も〝夢〟も、人が人生の中で一度ならず抱くものだ。そのかたちはさまざまだが、長い航海に出た船が、夜の航海で仰ぎ見る、船の目指す方角を教えてくれる星のようなものだ。

古代、船乗りたちにとって、星の灯りは希望の光であり、まさに依るべきものであったろう。

　以前、自死をしようとした人、自死によりこの世を去った人のカウンセリング、研究をしている女性に質問したことがある。

「自ら死を選ぼうとする人が見つめていたものは、やはり〝絶望〟なのでしょうか？」

「いいえ違います。その人たちが共通して見ようとしたのは〝希望〟です」

　意外な返答だと思ったが、今なら彼女が言っていることがよく理解できるし、おそらく当っていると思う。

〝希望〟すなわち〝依るべきもの〟が見えなかった結果、切ない別れになったのだ。

　作家、色川武大（別名・阿佐田哲也）さんの『狂人日記』という小説に次のような数行がある。

「自分はわがままで身勝手で、病者というより欠陥者だ。人に甘えることを知らずにすごしてきたような実感があるが、とんでもない、たえず人に頼らねば生きてこれなかった」

　揺れ動く感情によって自分をコントロールできない主人公が、ただひとつわかっていることが〝人間は誰かに、人に依って生きることしかできない〟ということを作家は主人公に語らせている。

〝希望〟〝夢〟も〝依るべきもの〟のひとつだが、やはり人間にとって、依るべき相手は人が一番なのだろう。


ここまで書いて、それじゃなぜ、一人で生きるというテーマにしたんですか？　と問われると思うが、何年か前にこの連載をまとめた一冊のタイトルを『許す力』（'14年刊）とした時があった。その時、「私は人を、起こったことなどを、簡単には許しません」と冒頭で書いた。どちらかと言うと許さない性格とも書いた。それでも〝許す〟という行為は、人間が敢えて持つ、何かから学んで備わる、生きて行く上で必要な考え方、行動なのだとわかった。

今回の〝ひとりで生きる〟は、それとは少し違う。私自身が若い頃に一人で生きざるを得ない歳月を持ったからだ。父親と諍い、勘当され、独りで生活費、学費を出して生きるようになった。

しかしそれを辛いとか、苦しいと思ったことは一度としてなかった。それは自分より辛苦の生活をしている人が多勢いるのを知っていたからである。さらに言えば、生きていられるだけで儲けもんだ。人なんぞ立って半畳、寝て一畳、どんな環境でも生きて行くさ、と極めて品性の欠落した青二才であったからだ。それがやがてさまざまな人と出逢い（善い人も、悪党もいたが）、友人、恩師、家族との別離を経験し、どうやら人は若い自分が考えていた浅はかな了見ではまともには生きて行けないと思いはじめた。

人とのつき合いを広げたわけではない。必要以上に人と接したのでもない。むしろ一人で生きねばという姿勢は強くなった気もする。

周囲の人々を見ていて、あの人は生きるカタチがイイナとか、あんなふうに少しでも生きることができれば……、と思えた人は、一人で生きているように映る。凛とした姿に見える。

ひとりで生きるとは、それぞれの人の内にあるもので、いやなければならぬものではないかと、この頃思う。

二〇一九年秋

東京のホテルにて

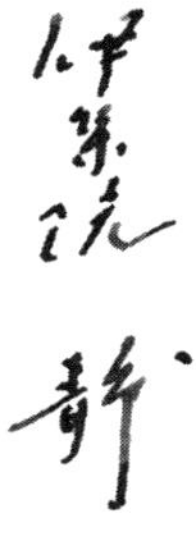

ひとりで生きる　大人の流儀9［目次］
a genuine way of life by Ijuin Shizuka contents

帯写真◉宮澤正明
挿絵◉福山小夜
装丁◉竹内雄二

第一章
孤独を知る

淋しさと向き合う

人間は一人で生きて行けるイキモノではない。

そのことを、この頃つくづく思う。

私は若い時代、自分の性分もあり、他人《ひと》とぶつかることが多かった。何かの拍子に、言わずもがなのことを口にし、憎まれ口を叩き、相手を傷付け、母からも叱られ、その母にさえ悪態をついた。そうして一人になり、果ては自分が傷ついていた。

――いいさ、俺は一人で生きて行ってやる。

父から勘当され、家を出て、何年も心配し続けた母にさえ連絡を取らなかった。

今考えれば、たいした親不孝者である。

私のようなケースは別として、事の発端はさまざまだが、今、この日本で、一人で生きて行こうと決め、そうしている人は多勢いるはずだ。

私の想像では、そういう立場の人たちが、一番、人間は一人で生きて行けない、と実感しているのではないかと思う。

旅先や、何かの縁で、そういう生き方をしている人たちと出逢い、しばし話をすることが何度かあった。

不思議なことだが、そういう人たちは瞳が澄んでいた。どこかさりげない仕草の中に、〝凜〟としたものがあった。

一人で生きて行くのは淋しいことである。

孤独というものには、やるせなさがどこかに隠れている。

なのに、一人で生きようとしている人には、家族、兄弟姉妹、仲間、同僚、友と日々、逢ったり、連絡を取り合って、普通に生きている人たちには、ないものがある。

あの潔さに似たものは何なのだろうか？

ジャッキー・モリスという作家が書いた作品に『ソロモンの白いキツネ』（あすなろ書房）という、絵本のような短編小説がある。良い作品だ。

ソルという名前の少年（正確にはソロモン）がアメリカ西海岸のシアトルで父親と二人暮ら

しをしている或る日、少年は波止場（父親の職場がある）に迷い込んだ一頭の白いキツネと遭遇する。

少年は直観する。

――このキツネも一人っきりに違いない！

少年はいつも一人きりだった。母を亡くしていた。転校して来た学校で友だちもいない。いやむしろ同級生たちからは、少年の少し違った髪の色や顔付きのために疎外されていた。その日から毎晩、少年は自分の夕食のピーナツサンドを白キツネに与えるべく、夜半の波止場に忍び込む。

その先の話は、この絵本を購入するか、図書館で読んでもらえればイイ。

少年、少女の大半は、そのやわらかなこころを持っていた時代に、誰もが、自分は一人なのかもしれないと感じる瞬間、時期がある。

この作品のように家族を失くしているケースもあるが、両親、兄弟と普通に暮らしている少年、少女であっても、自分は一人なのではと不安になったり、そう思い込んでしまうことはあるはずだ。

その結果、少年、少女たちは〝孤独〟というものを知る。私は〝孤独〟を知ることは、人間が生きる上で、知っておかねばならないいくつかの基本のひとつだと思っている。

見方を変えれば、〝孤独〟と遭遇したり、〝孤独〟を知ることが、生きることである。

私はこの絵本を読み、〝この少年は白キツネと出逢い、彼女と（キツネです）何ヵ月かを過ごし、出逢う以前より、少し強くなったはずだ〟と思った。〝孤独〟には、一人で生きることの価値を知る要素がある。


仙台に住んで、私たちは二匹の愛犬（一匹は友だちだが）を見送った。

そのことを口にすることはないが、同じような年齢の私と家人は、どちらかが一人になった時（この二十五年、通例、私が先に行くことになっているが、まあ放埒作家なので）、家人が一人で生きて行けるように、さまざまなことを備えるのが、私の仕事の役割の一部でもある。

〝笑って生きよ〟これが私の考えだ。

しかし彼女の人生であるから、好きにしてもらえばイイ。

一人で生きることを自覚せよ、と言っても、そう簡単にできるものではない。

泣く雨の夕暮れも、一人で膝をかかえて星を見上げる夜半もあるであろう。

ひとりで生きることは、一見淋しいものに思えるが、冒頭で書いたように、実は美しい人間の姿であるのかもしれない。
この頃、東北一のバカ犬がやけにハンサムに見える。

人間の基本

日本列島がたっぷりと雨に濡れている梅雨である。

人は例年どおりに天候が展開しないと、

――今年はおかしい。

と言い出す。

〝気象台がはじまって以来の……〟などと気象予報士は言う。

その言い方が、何か良からぬことが起こるような口調にさえ聞こえる。まあ実際、今の気象予報士は日本語を勉強などしていないし、面白《おもしろ》、可笑《おか》しく喋《しゃべ》っている。一、二名の予報士以外、喋くるだけで、品性がない。

きちんと日本語を話すという、仕事の責任というものを彼等、彼女等は持ち合わせない。

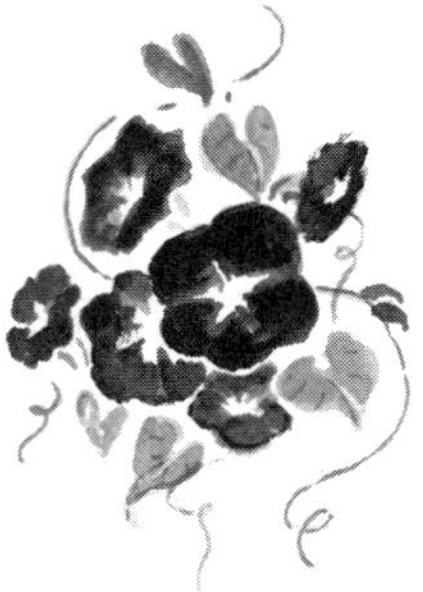

まあ面《つら》を見れば、元々バカなのだろうが、ともかくヒドイ。

すぐに異常気象と口にする。

私はそうは思わない。

なぜなら、私が知る限り、四季が同じような天候であった年は一度もない。

一年、一年皆違っていた。

何年前のことだったか忘れたが（おそらく五十年近く前だと思うが）、〝商いの神様〟と呼ばれた松下幸之助が、ラジオのインタビューでこう言っていた。

「私どもの商いにとって四季の変わり方は死活問題なんですね。梅雨が長くて、なかなか暑くならない夏は、扇風機も、クーラーも売り上げが急激に落ちますし、逆になかなか寒くならない冬は、冬で、これは暖房具の売り上げがまるっきり伸びません。それで私、何十年も四季の変わりようを見続けて来ましたが、同じ天候の年などは、これは今まで一度もございませんでした。そういうものなんですね、天候というものは。それでいちいち大変だと世間は騒ぐんですが、いちいちそんなに騒ぐことはないんです。騒いだところで天候が変わるわけはございませんから」

――ほう、そういうものか。

とアルバイト先のラジオから流れる、神様の天候の話を聞いた記憶がある。

ただ気象、天変の周期はあるようだ。

東日本大震災を只中で体験し、私なりに過去の大きな地震の記録を調べた。

百五十年というのもあり、八十年というのもある。だいたいそのくらいの年月で、地震と津波は日本列島にやって来るのである。

ただその周期が、人間が忘却してしまう歳月の長さなのである。

〝天災は忘れた時にやって来る〟

この諺は、真実なのである。


人間が、一人で（独りでもいいが）やれることには限度がある。

たとえどんなに優秀な人の能力でもだ。

では皆で力を合わせてやれば、何でもできるかというと、これも違う。

何人かの力を結集するだけでは、何かができるというものではない。

これには大前提があって、まずは一人一人の能力を高めることが必要なのである。

どうやれば能力が高められるか？

これは、基本、他人と同じ学び方をしないで、その人独自の学び方を、どのくらいの時期に獲得するか、という点が大切になる。

早ければ早いほどイイが、早過ぎると、精神、情緒がともなわない場合が多く、――私は優秀な人間である。

と勘違いをするし、傲慢になる。

勘違いと傲慢は、その人の成長をたちまち止まらせる。

天才と言われて、その気になったら終るのと同じである。

謙遜になれと言っているのではない。勘違いとか傲慢なぞ、思う暇もないほど励まないと、人並み以上の能力は身に付かないし、未知の領域にあるものを発見したり、創造したりする作業、行為は、おそらくそういうものなのだろうと思う。

一番イイのは、他人の何十倍もやり続けていることに気付かないことだ。それが当たり前と思って、いや思うことすらないのがイイ。

私は自分の能力を、この程度だと、三十歳半ばで知ったが、遊べば遊ぶほど、自分の程度に抗って生きるのも面白かろうと思うようになり、五十歳半ばから他人の倍、次に三倍と働き出した。〝量は質を凌《しの》ぐ〟〝バカは倍やるしかない〟これを信じることにした。

まだ失敗続きだが、瓢簞《ひょうたん》とて、やたらと振っていれば妙な駒《こま》が出るやもしれない。ヘェヘへ。

なぜそうしたか?

〝ひとりで生きる〟ことが人間のまず基本らしいということが経験でわかったからである。孤独とは違う。まずはひとりで生きる力と精神を養うことが、大人の男になる大前提だとわかったからだ。

忘れることができるなら

人はひとりで生きることはできない。

そのことは、或る年齢になればおのずとわかって来る。

それでも、ひとりで生きている人は多い。

人が生きて行く日々には、予測がつかないものがやって来る。

私たちがテレビ、ラジオ、新聞で目にする痛ましい事件、事故がそうである。自分が無事であれば、それらのものは一見他人事のように思えるが、実はそうではない。

たとえ見知らぬ土地で（海外であっても）起きた天災、事件、事故（紛争もそうだ）でもすべて自分に起きても何の不思議はないのである。

少し前で言えば、東北大震災が、私にとってそうであった。

只中で、あれほど悲惨な天災に遭遇した。知人も亡くなった。私の住居がたまたま山の方であったから、家屋の半壊だけで済んだが、その数年前、幼い頃から海の見える生家で生まれ育った私は、仙台にもうひとつ仕事場を欲しいと贅沢なことを考え、家人に提案した。犬を飼ったばかりで、二ヵ所の住いを往復する生活はできないと言われた。

あとで、そこが津波ですべて流されたとわかった。

自分が助かった話をしているのではない。

人が生きる隣りには、常に生死にかかわる状況、可能性があると言いたいのだ。

家族を亡くして、生き残った人たちのこころはいまだに安寧を持つことはない。

忘れることができるなら、誰だってそうしたいと思うこともあるはずだ。しかし忘れることは悲しいことでもある。

ともに生きたという事実、時間は、その人の身体の中に、いとしい人がずっと存在することなのである。

私の母は九十八歳にならんとしているが、五十年前の、夏の日のこと、そして、その夏まで夢と希望を抱いていた我が子が生きていたことを決して忘れない。

暮れに帰省し、正月を迎えると、母は我が子の写真にむかって「マーチャン（弟は幼い時から皆からそう呼ばれていた）またお正月が来ましたよ。ハイ、あなたの大好きなミカンです」と写真の前にミカンを置く。

「あんなにミカンが好きな子も珍しかったわよね」「あっ、そうだね」私は応えながら、十七歳の最後の正月、二人で海辺を散歩したことがあざやかによみがえる。

切なくもあるが、そうやってよみがえることでいいのだ、と思う。

彼は海難事故であったが、それもやはり誰にでも起きることは同じだ。その証しに、弟の命日前後に幼子、若者が必ず水難事故で毎年亡くなる。

母とて、父もそうだったが、いとしい人を失って、さぞ辛かったろう。平気な人は一人もいない。

なぜ我が子が？　できれば替わってやりたかったと口惜しさが、無念の情がその人の心身を抱いたまま離れない。

勿論、たった一人の弟を亡くした私もそうだった。母はよく立ち直ったと思う（見た目ではあるが）。

弟の死から十五年後、私は前妻の死に直面した。これはコタエタ。何とかもち堪えたのは、半分以上が、七年後に私を家族にしてくれた家人のお蔭である。

今年の春先、大阪でサイン会をした折、近しい人を亡くした人が来て下さっているのに半ば驚いたと書いた週がある。

弟を、前妻を亡くした時、同じような立場の人が世間に数多くいるのを知った。

それでもこの頃、私の拙いエッセイを読んでラクになったと言われる。そういうつもりで書いた文章はひとつもないのだが、もしかして私の文章のそこかしこに、別離への思いが見え隠れしているのかもしれない。

「近しい人の死の意味は、残った人がしあわせに生きること以外、何もない」

二十数年かけて、私が出した結論である。

——そうでなければ、亡くなったことがあまりに哀れではないか。

一人の人間の死は、残されたものに何事かをしてくれている。親の他界はその代表であろう。家人と彼女の両親の在り方を見ているとそれがよくよくわかる。

「時間が来ればすべてが解決します。時間がクスリです。それまでは、踏ん張り過ぎなくてもいいから、ちいさな、ごくちいさな踏ん張りで何とか生きなさい。踏ん張る力は、去って行った人がくれます。大丈夫です」

まるで宗教家か、詐欺師のような文章だが、他に言いようがない。

人の死は、残った人に、ひとりで生きることを教えてくれる。それを通過すると、その人は少しだけ強くなり、以前より美しくなっているはずだ。

答えはない

仙台に帰ると、盆の雨であった。

私の仕事場の棚にある、私の父、弟、長友啓典氏の写真のそばの燭台に火が揺れている。

これと同じ蠟燭《ロウソク》の炎の揺れをどこかで見たことが……、と思っていると、スペインのバルセロナから少し北へむかったモンセラットの修道院にある〝黒いマリア〟の祭壇のそばの光景だとわかった。

——すぐに思い出せて良かった……。

（こう書いても、若い人にはわかるまい）

棚の脇に窓があり、そこから庭が見える。

「失敗したのかナ」

と昨夕、家人が言った木槿《むくげ》の木にポツンと白い花が雨に揺れている。どうやら剪定《せんてい》に失敗したらしい。家人なのか、庭師の手なのかわからぬが、「そのうち咲くよ。木槿は忘れた頃にぽつぽつと花を開くものだ」。

私は不思議と、この花の雨中での開花を見る機会が多い。朝方、夜明けの薄闇の中での木槿の花には風情がある。

今年の盆の雨は、大型台風が接近しているからだと言う。

徳島の阿波踊りも中止になり、甲子園の高校野球も十日目が中止になった。阿波踊りの準備委員会はさぞ落胆しているだろう。同情してしまう。

おそらく西日本の何百という町で、夏祭り、盆踊り大会と、それを楽しみにしている子供たちが多勢いたに違いない。お天道さんも少しは考えて雨を降らせてはと思う。

その台風のことを〝ひるおび！〟という番組で気象予報士とキャスターが面白可笑しく、笑って報道している。

——思慮に欠ける男たちだ。

尾崎翠という大正から昭和にかけて作品を発表した女流作家がいて、その中の『第七官界彷徨』と『初恋』の中に、当時の地方の夏祭り、盆踊りの華やかな風景と、それに参加する若者の期待、焦躁感、不安が、彼女特有の筆致で描かれている。この作家にしか描けない若者の肌をしっとりと濡らす真夏の温度、湿っ気の描写がとても良い。

民俗学者の柳田国男は、当時の地方の行事には若者組、若衆、若連中の男たちが〝娘宿〟を訪ねたりして、婚姻という大切なものを得るためにあったのではと書いている。盆踊りは出逢いの絶好の機会であったらしい。山陽、山陰地方にはそれが顕著だったと言う。尾崎翠は鳥取の女性である。普段、人前で肌を見せず、踊ることのない若い男女が、太鼓、笛、鉦の音色で踊り出し、高揚感で汗が滴り落ちれば、それは自然と妖しい空間となるだろう。

私が若い頃はまだそんな気配があった。浴衣を着た姉三人が紅潮した顔で神社、水天宮にむかっていた姿を記憶している。

今の若い男女も同じだろうと思う。

そんなに急に、ひとつの国の若い男女の出逢いの場が大きく様変わりするはずはない。

若者が何か特別なことをしているということはあり得ない。時折、ひと握りの若者が物珍しいことをしていると、マスコミはそれが最先端の情報、流行として紹介する。そんなことがあり得るはずがない。

若い人は、今の大人のつい昨日の姿である。

大人のしていることが面倒臭く感じたり、ダサく思えるだけで、彼等はほどなく、その大人にまぎれてしまう。

ただ新しい世界を創造しようと思えば、脳がまだやわらかくて新鮮な時にしか、見つけられないことは、昔からある。それを大人は信じてやらないとイケナイという、少々面倒臭いこともある。どっちもどっちだ。

先日、AIについて質問を受けた。

「AIが進歩すると、人間のすべきことが変容するのではないかと思うのですが？　たとえば単純な仕事の一部は減ってしまうとか？」

「人のすべきことはいつも変化しています。それは歴史を見ればわかるでしょう。単純な仕事が減る？　それはよく意味がわかりません。単純な仕事なぞどこにもないでしょう」

人が何かの答えを見つけようとする時、私は一番近くにある答えより、あちこち回って、苦労したり、失敗したり、辛かった道程をうろうろしたのちに見つけた答えの方が、かなり上質な答えが得られると思う。

今のAIの選択基準がどの程度かは知らないが、二、三十年前にコンピューターが探し出す答えは、一番早く（近くでもいいが）見つけ出せた答えと、あちこちうろうろして時間が経って見つけた答えが、さほど変わらぬ答えなら、即座に前者を選んだ。その理由は効率である。

しかしそれは間違っている。効率は比較が前提である。答えの本質、その答えに隠された新しいものは見えないのである。しかしあちこち歩き回った答えには、それを見つけた人には、次の答えを見る能力と勘を得る。

ひとりで歩いて行く

〝独歩〟なる言葉がある。

読みは、ドッポ、ドクホ、一人で歩くことを言う。

〝独立独歩〟という使い方もする。一人で立ち、一人で歩く。つまり、立てるようになれば一人で立って、一人で歩かねば（生きねばでもいいが）ならないのが人間という生きものだと教えている。

思春期、青年となる頃に、この独歩を教える文章や諺は世界中にある。

子供の頃は、親や、学校の教師に、皆で仲良くすることが大切だと言われたり、習ったりするが、或る年頃から、一人立つ、一人で生きて行けるこころ構えを持ちなさい、と言われる。

子供ごころにいきなりそう言われても、すぐには理解できない。

仲良くしろ、一人で立って一人で生きよ、は相反《あいはん》しているように聞こえるが、実はどちらかを選択させようとすれば、後者の方に重きを置かなくてはならない。

人間として一人前になるには、自分で立って自分の足で歩かねばならないのである。

当たり前の話なのだが、若い時はこれが簡単にはできない。

今年も90万人近い新しい社会人が世の中に出て行く。

社会人と、そうでない者の（日本では大半が学生なのだろうが）違いは何かと言うと、〝働く〟ことが生きる時間の中心になることで、働かない者は社会人とは言えない。

では働くとは何か？

己の手で何かを獲得することが、社会の、人々の糧《かて》となっていることである。

では糧とは何か？

簡単に言えば、人が食べていけるもの、人々が生活できるものだ。

「お金のことでしょうか？」

それは違う。金銭は、糧をカードに置き換えているようなものだ。

カードは数値として大小が出るが、糧は必ずしも、多い少ないで判断できるものではない。そこに糧というものの正体の見えにくい点があり、曖昧に思える弱点がある。

〝真の力は見えにくい〟と言う。私も若い時にそう聞かされて、何を言ってるのかさっぱりわからん、と思った。

自分が懸命に働いたことで生じた糧がどんなものか、明確に見えないのである。

解り易いのは、数字であり、カードにあると若い人が主張するのは当然だろう。

収入の高が、ボクの、ワタシの、働いたことを証明していると断言する若者もいる。

果してそうだろうか？

やはり若い時に、私の周囲にも、若くして思わぬ収入を得た者がいた。チヤホヤされ、バカな女どもは寄って行くし、果ては、世界は俺の物だと豪語していた。しかし何年かすると、そういう連中は必ず消えるか、果ては詐欺まがいのことを続けて終った。

〝生き甲斐〟という言葉がある。これを働くことに置き換えれば〝働き甲斐〟となる。

甲斐が曖昧なら〝希望〟に置き換えてもよい。〝生きる希望〟、〝働くことでの希望〟が新しく社会人になった若者にあるかが、社会にとって何より大事なのである。

社会人だけでなく、若い人に数値とは違うものが世の中にあることをわかってもらわなくてはならない。

受験ばかりが勉学の目的になってしまう今の教育はやはり間違っているのである。

学ぶことに希望がなければ、これは最悪の状況と言える。

一昨年、若い人の死亡原因の第一位が自殺になった。

悲劇的な社会である。

久留米の高校の野球部員が、一人を寄ってたかっていじめた。裸にするわ、殴る蹴るを平然としたのだろう。

「野球をしている若者がそんなことを」

野球もへったくれもない。人間はいったん〝連《っ》るむ〟と平然と人を殺める。戦争がそうである。

亡くなった子の親も苦しいだろうが、一番苦しかったのは当人であり、これから何でもできる可能性を、時間を（希望でもイイ）自ら断たねばならなかったのは悲劇でしかない。

私も野球部員の時、似たような目に遭ったが、「独りで歩く力を備えておかねば、おまえが殺られるぞ」と父に教わっていた。父の教えは極端であったが、間違っているとは今も思っていない。

話が逸れたが、新社会人諸君、君にはきちんと、いつか真の力を備えられる希望があることを祈っている。ガンバレ！

生きていた証し

誰でもそうだと思うが、何か新しいことをはじめる時は、不安というものが自然とついて来る。

大人であれば、それが新しい仕事であったりするのだが、この不安というものは、子供でも同じものである。

できるだろうか?

できないんじゃないか?

上手く、できるだろうか?

失敗して、みっともないことになるんじゃないか……。

しかし、その不安は、実は、私たちには決して見ることができない、少しだけ先の方にあ

る時間の中にあるもので、考えてもしかたないことなのだ。

それでも、大人、子供という歳の差には関係なく、人は不安と同居せねばならない。

その不安を解消するために、それぞれの人が、いろんなやり方をしている。

一番イケナイのは、やろうとしていることを放り出すことである。

放り出した瞬間は、ラクになるかもしれないが、そうしてしまったことで、不安よりももっと辛いことを味わわなくてはならない。

――どうしようもないナ、自分は……。

そういう心境になれば、そこに身を置いていることが、やはり耐えられなくなる。

――自分は逃げてしまったんだ。

と自己嫌悪を抱く。

ではそんな状況が、最悪なものかと思うと、私はそうではないと考えている。

逃げたとか、放り出したとかは、当人が一番わかっていることなのだが、私はそれでもかまわないから、一度ならず逃げ出した経験を持つことは悪いことではないと思う。

人は誰もスーパーマンではないのだから、逃げ出してしまう時もある。

私はむしろ、そういう心境を味わうことをしてみることだと思う。それがどんなものかを自分でたしかめた方がイイ。

それを知らない人より、それを一度知った人の方が、少しだけ前進をするはずだし、もしかしたら、少しだけ以前より強くなっているかもしれない。

私も若い時に、逃げ出したことは一度ならずある。それが何をしようとした時かはもう忘れてしまったが、自己嫌悪も感じた。

一度ならずと書いたが、私の経験では、そういうことのくり返しをするのが、私たちだと思っている。

私は今春、仕事でひとつ新しいことをしようとしているのだが、やはり不安は感じる。

しかし以前と違うのは、ともかくやってみよう。やってみなきゃ、わからないじゃないか、という思いの方が強い。さらに言えば、失敗してもかまわないじゃないか、笑われてもいいじゃないか、と思う。

その心境には、たぶんに私が年齢を重ねた結果があるかもしれないが、それだけではないように思う。

一番大きいのは、失敗を何度もくり返して来たからではないかと思う。

私たちには目前の時間は見えるが、ほんの少し先の時間は見ることができない。

同時に、今やっていることが少々辛くとも、これまで自分がやったことのないことを、こんなふうにしていて大丈夫か、という気持ちも、目前のものは過ぎてしまえば何ということはないのである。

こんなに厳しいことをずっとやれるのか、というのも、目前でやり続けていれば、どうということはないものだ。

時折、周囲の人から、よくそんな仕事振りを続けていますね、と訊かれても、私にとっては普通のことだから、なぜそんなことを言われるのか、まったくわからない。

先日、テレビに出演して、平成に海を渡ってメジャーの野球に挑んだ選手の番組で、その象徴の一人として松井秀喜選手の軌跡を女性アナウンサーと話した。

華々しい彼の活躍はまぶしいほどだが、私には怪我をして復帰するためのハードなトレーニングをしていた映像の方が、さらに魅力あるものに思えた。と同時に、不安と一緒に日々励む、彼のあの時間こそが、生きていた証しに思えた。

彼の言葉で好きな言葉がひとつある。

「自分は不器用で、他の選手のように才能はさしてないんです。ただ人の何倍も練習を続けること。決してそこから逃げ出さないことは身に付けているんです。努力することでは負けません。それが才能なら嬉しいですが……」
皆さん。ともかくやってみることです。

きらいでいいよ

新しい年を迎えた。

新年を迎えることができるのは幸いなことなのだろう。

若い時はこう思っていた。

「元旦って言ったって日付けが変わるだけのことじゃないか」

と。元旦だ、正月だと何を騒いでいるんだ？　明けましておめでとうって、いったい何がめでたいんだ？

それが少しずつ、新しい年を迎えることが想像していた以上に大変だとわかって来た。

同時に、新しい年を迎える機会に、何かをはじめたり、目標を持ったり、夢を描いたりすることは、人として良い時間を与えられるし、さまざまなことを思い描くことは何やらいい

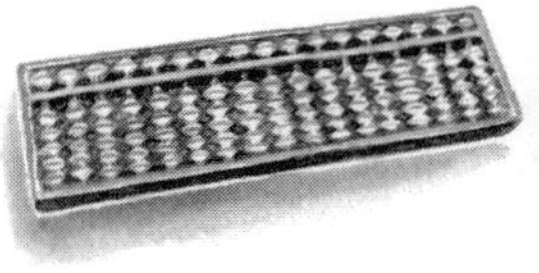

んじゃないかと感じるようになった。

今年こそ日記を書こう。最後まで書き続けるぞ、と思う人もいるだろう。こそというのがイイ。

――何度かやってみたんだ……。

と言うのが人間ぽくてイイ。

ダイエットを目指す人もいよう。

酒量を減らそう。

ゲームに夢中になる自分を戒め、少し読書の時間に回そう（読書も回されて切ない気もしないでもないが）。

部屋の整理整頓を毎日やり、身綺麗な環境を常に作ろう。

大胆な人だと、真面目に生きようというのもある（いったいどういう生き方をして来たんだね）。

どんどんやりなさい。やらないより実行をした方がイイに決っている。

私は目標というものを立てたことがない。

子供の頃、母から聞かれた。

「今年は何かをなさるの？」

「……………」

何と答えてよいのかわからなかったので黙って母の顔を見ていた。

「何って、何？」

「たとえば学校の勉強で苦手なものを今年はきちんとやってみようとか……」

「勉強しろってこと？」

「そうじゃないわ」

「ならよかった。勉強は嫌いだもの」

「嫌いと思うから嫌いになるんじゃない？」

「いや、思わなくても、嫌いだね」

「そう……。でもいやなこともやらなきゃならないのが人ってことなのよ」

「じゃ人をやめるよ」

「じゃ大きくなったら何になるの？　人じゃなかったら、トラとか象とか？」

「トラはいいね。強そうだし」

こんな会話を、家族の中でも変わってる子と呼ばれていた私と、母は交わしていた。

六十年以上前の、陽のたまる縁側かどこかでの記憶である。

今、何人かと授業をしている。授業と言っても何かを教えているわけではない。ともに小説を読み、その小説でこころや身体が熱くなった点について語り合ったり、相手（かなり歳下だが）が発見した思わぬ意見に感心したりする時間である。

人に何かを学んでもらうことほど難しいものはない。私は〝教える〟という行為は、この世の中にほとんど存在しないのではないかと思っている。敢えて言えば〝学び合う〟ということはあるかもしれない。

それでも学ぶ場には、他では獲得できない喜びがあるのはたしかである。

母は辛抱強く、変わった息子にさまざまなことを教えてくれた（この場合は〝教える〟は成立する）。

その母が、或る時、昔話を聞かせてくれた。

女学校へ通っていた時の話で、彼女はソロバンが苦手で、いつも成績が悪かった。

「なぜ皆はあんなふうに素早く、しかも間違えずにソロバンができるのか、まったくわからなくて、困っていたのね」

或る夏、彼女は一日も欠かさず、汗を掻きながら、ソロバンの練習に励んだという。

夏が終り、学校の授業がはじまり、ソロバンの時間が来た。夏の努力は覿面《てきめん》で、気付けば他の生徒より上達していたという。

先生は彼女を教室の前に呼び、「容子さんはとてもよくソロバンを覚えました。皆さん拍手をしてあげましょう」と言った。母は驚き、初めての経験にどうしていいのかわからず、顔を赤らめてうつむいていたそうだ。

「でもあの日、教室の窓から差し込んでいた光の加減や、皆が祝福してくれた拍手の音、先生の顔……、今でも覚えているの。とっても明るい色だったわ」

もうすぐ百歳にならんとする女性が、つい三年前の正月に、私に話してくれたエピソードだ。まだ若く、希望を抱いていた一人の女子生徒はどんな顔、表情をしていたのだろうか、と想像した。

どんな人も生きてさえいれば素晴らしい時間と出逢えるということかもしれない。

残されたもの

ここ数日、上京しての仕事をしがてら、部屋の中のものを整理している。

近頃、世間で言う〝終活〟とは違う。

長く常宿にしていたホテルが半年余り、休業してリニューアル工事をするからである。

四十歳を過ぎて、私は何やら忙しくなった。

仙台と東京、東京と海外取材地といつも動き回っていた。一年の半分以上が旅の日々であったこともある。トランクひとつが私の家財道具のようなものであった。

そのせいか、私の身辺には、仕事の道具と寝るための小物があるだけだった。

仕事の道具は、筆と原稿用紙で済む。

辞書？　そんなものは使わない（こう見えてもプロですぞ）。書けない字なぞない。

パソコンは使わない。

パソコンが世に出回りはじめた頃、私はすでに日々締切りに追われていた。パソコンに慣れ、使いこなすための時間がなかった。

それに私は旅へ出ても、鞄の中でかさばるものはいっさい入れない。出はじめのパソコンは重かったし、大きかった。

寝るための小物は、パジャマと歯ブラシくらいである。

それだけが私の家財道具で、あとは寒暖にそなえて着る物が変わるくらいだ。

三十歳代、私はほとんど何も持たず（鞄さえ）旅へ出ることが大半だった。

取材とて、カメラもテープも持たなかった。

目で見たものと、耳で聞いたものが私の身体に入っていれば、それですべて済んだ。

だから東京でのホテル住いも、家財道具はほとんどなかった。

六十歳を過ぎてから、仕事をあまり断わらなくなり（以前は大半の仕事を断わった）、何やら異常に忙しくなった。

旅へ出かけることも少なくなり、ただただ仙台の仕事場と、東京のホテルの部屋で黙々と働く日常になった。

五、六年経つと、部屋の中になぜかわからないが、ものが増えた。
この春、それを片付けなくてはならない。

――何で、こんなものを……。

と思えるガラクタが増えていた。

先月、この連載で書いたが、私は物欲がない。物というものにいっさいこだわることがない。私は物を購入しないから、ガラクタは誰かから頂いた物である。なぜか捨てがたい物が世の中にはあるものである。

先日、それをベッドの上にひっくり返して眺めた。

――有難いことではあるが、これほどの数になれば、迷惑なことでもある。

シーツにひとまとめにして、どこぞに捨ててくるか、そうしようと決めたが、その時間がない。

途方に暮れるほどではないが、タメ息が何度もこぼれる。

これを機会に、東京を出て行こうか、とも思うが、仙台は田舎過ぎるし、寒い。

第一、仙台へずっと居たら家人が疲れる。

だいたい帰宅は七日くらいが限度で、上京して欲しい時は、いつ上京なさいますの？　と訊かれる。

私の食事の世話だけでも目一杯になるらしいし、私が仙台に滞在した途端、ファックスは鳴り出し、やたら郵便物が増える。

家人のペースではやっていけないらしい。

彼女は元々、身体のあちこちに痛みが出る体質なので、毎日出かける身体のケアのための通院も、私が居る時は減らさねばならない。食事の時間も、こちらの仕事の具合いで不規則になる。ともかく疲れるらしい。

私が上京することは、彼女の時間をこしらえることにもなっているのである。

ホテルの工事が決ってから、いくつかの東京のホテルを探したが、条件にかなうホテルはほとんどなかった。

ホテル暮らしです、と言うと、あら羨ましいと言う人がいるが、何か特別なものはないし、むしろツマラナイことの方が多い。

二十数年、お茶の水のこのホテルで仕事を続けていると、先日報告を受けた。

つい昨日のようにも思えるが、よくよく見てみればホテルの人たちの顔ぶれもずいぶんと変わった。

交換手の女性の声が消え、館内は禁煙になり、バーの営業時間も早くなった。
ホテルも、人同様に変わるのだろう。

夢を見て

ひさしぶりに小雨がそぼ降る銀座の路地を一人で歩いた。

水溜りを越えようとした時、そこに映るネオンの灯りが宝石のように見えた。

銀座に通って何十年になるかは覚えていないが、路地を抜けた時に見上げた四角い夜空を仰ぎ、糸のように舞い落ちる真珠のような雨粒を見て、

——やはり銀座は日本で一番の盛り場だ。

とつくづく思った。

一人で銀座をぶらつくのは何年振りか。

この頃は、仕事が終ると、その原稿を待ってくれていた編集者と食事し、バーかクラブに寄って、早々に常宿に戻る。

週の半分は銀座で夕暮れから夜まで過ごす。

そんな日が何十年も続いている。

あとは腹ごしらえか、寝酒の一杯で近所の鮨屋へ行く。

その夜は少し早くに銀座に入り、独りでぶらぶらした。

靴磨きのオジサンも、花売りの娘（まあたいがいはオバサンだったが）もいなくなった。

淋しい気もするが、街というものは生き物だから、時代々々で変容する。

消えた店も多い。それも仕方がない。

路地をひとつ、ふたつと抜けていると、昔、私に銀座の作法を教えてくれた先輩たちの顔がよみがえる。

「伊集院はん、ぼちぼち中《ナカ》へ行こか」

あの頃の遊び人は、人前で大声で、銀座へ、と言うのは憚《はば》かられるので、隠語で〝中へ〟と言った。

中とは、銀座以外の盛り場は、皆、〝外〟であるという考えからだった。

若い時は、それが特別な響きに聞こえた。今はそんなことは思わないし、第一〝中へ〟と誘ってくれた人々は、全員、天国だか、地獄の銀座へ逝ってしまった。

昼間の銀座へ行くこともあるが、私に言わせると、昼間の銀座は、女、子供の街だ。

銀座はやはり夕暮れからの街だ。

私が銀座で好きな光景のひとつが、男と女が待ち合わせ、カフェーで男を待っている女性が相手の姿を見た途端に、何とも言われぬ嬉しそうな顔をする瞬間の光景だ。

別に銀座でなくともいいのだが、銀座で待ち合わせをする女性はどこかお洒落をしているように映る。

「待った?」「ちっとも、今来たところ」なんて囁いているカップルの横を、花束を手にしたバーテンダーが行き過ぎ、小走りに板前の見習いが通って行く……。

誰もが銀座で働く男たちである。

それでも銀座は、夜は女たちの街だ。

お洒落で、美しい女性たちが、この街で誰かを待っているから、男たちはいそいそと通うのである。

「銀座はさぞ金がかかるでしょう」

よくそう言われるが、何十年も通って、法外な金を請求されたことは一度もない。そんな店ばかりの街なら、とっくに消えている。

男たちの中には少しばかり無理をしても銀座へ行く者がいるらしい。その話をしよう。

或る老舗で、銀座でも一、二を争う評判の店に、年に一度だけ顔を出す客がいた。

お洒落をして、飲み方も綺麗で、チップもはずむ、その上、ホステスを誘うこともいっさいしない。

男は七年近く続けて、年に一度、夏の日の夜にやって来た。

ママも、ホステスも男性スタッフも、その客の素姓を知らなかった。

「きっとどこかの社長さんよ」

「いや、あれは白髪の御曹司よ」

と噂をし合った。

彼がいつものように店へ見えた年の夏、その店の全員が、或る有名な温泉へ出かけた。

そこで一人のホステスが、もしかしてと気付いたと言う。

先刻、宿に着いた時、皆の履き物を受け取ってくれた人が、あの白髪の御曹司に似ていると言い出した。男性スタッフも確認したらしい。

宴会がはじまり、開口一番ママが言った。

「あなたたち、つまらない話は金輪際してはダメよ。それが銀座なんですから。決して声を掛けないように」

私にはイイ話に聞こえた。

銀座には男の夢がある。

夢とは大半の人にとってかなわぬものだ。

この頃、銀座でつぶやく時がある。

——銀座は夢がなくなっちまったナ。

そろそろ引き揚げる時代になったのか。

第二章

とても好きだった

もしあの出逢いがなかったら

若い時代に、それも社会に入って初めて仕事について教えをうけた人が、先日、亡くなったと報告を聞いた。

別れの挨拶状は、その人が大好きなクルーザーで笑っている写真が添えられていた。

最後にお逢いしたのはロータリークラブの会で講演を依頼された席だった。

それとて七年以上前のことだ。

私は社会人になるのが少し遅かった。

大学を卒業し、数ヵ月が経った時、私はまだ横浜で、沖仲仕《おきなかし》をやり、基地専門の引っ越し会社でドライバー兼通訳をして暮らしていた。

大学は三年生の時、卒業に必要なレポートをすべて提出し、残りの一年半はほとんどアルバイトをして生計を立てていた。

父親から勘当されていた。理由は生家の家業を継がないと宣言したからだった。

父は激憤し、仕送りを止めた。そうすれば故郷に帰って来ると思ったのだろう。

私はそんなことは、へっちゃらだった。

大学を卒業しても、碌《ろく》な会社には入れないだろうし、第一サラリーマンがむいていないと信じていた。

よく働いていた。早朝四時から、夜の一時近くまで一日にふたつ、みっつの仕事をしていた。目的があったからである。

日本を出て、海外で自分の生きる道を探そうと思い、その旅費としばらくの滞在費を稼《かせ》ぐために懸命だった。

仕事場は本牧《ほんもく》、小港周辺で、月に一度稼いだ金を桜木町から電車に乗って渋谷の銀行に預けに行っていた。何しろ寝泊りしている事務所が、元は怖い社会の事務所であったから、時折、酔っ払いが来て襲われることがあり、金は無用心なので渋谷の銀行へ入れた。

そんな日々が一年余り続いていた或る午後、電車の中で声をかけられた。

「ター坊？」

それは私が幼い頃、家族から呼ばれていた愛称だった。

——えっ？

と思い、吊皮を手にしていた私は座席に腰掛けている人を見た。次女であった。

彼女の方は半信半疑の表情で私を見ていた。それもそのはず、私は菜っ葉服を着ていた。

「やあ姉さん」

「姉さんじゃないでしょう。どれだけ皆心配してると思ってるの？　母さんなんか可哀相なくらいよ。渋谷駅に降りたら、すぐに母さんに電話して！」

私は姉に手を引っ張られ、渋谷駅の公衆電話で生家へ電話を入れた。二年振りに聞く母の声だった。母は泣いていた。

私は父とは殴り合い、憎んだが、母には弱かった。彼女には本当に迷惑をかけていた。

渋谷にあった長姉と次女が経営するブティックに連れて行かれ説得を受けた。

「ともかくどこか会社へ入って、それから父さんに謝りに行くのよ」

その会社に勤める人の紹介で総務部へ行くと、

「君はバカかね。就職活動も知らんのかね。我社《うち》はね、五百倍の競争率で社員を採用しとるんだ。今時、こんなバカがいるとは」

総務部長に説教されている時、一人の恰幅の良い男があらわれた。

「何を大声を出しとるんだ？」

「あっ、ボス、今時こんな非常識なのが」

事情を聞いた男が言った。

「おまえ図体がでかいが何か運動でもしていたのか？」

「東京六大学で野球を少し」

「何、野球？」

ボスは私の顔をまじまじと見て言った。

「来週、X社との対抗野球がある。負ける訳にはいかん試合だ。そこで力量を見るまで見習いとして置いておけ」

翌週の野球を勝利し、上機嫌なボスは、私に彼の書いたコピーを清書させた。

「おい皆見てみろ。こんな綺麗な字を書く若者がいる。こいつはしばらく会社に置く」

メモひとつを正確に書くのに一週間怒鳴られた。朝は六時に出社で、ボスの乗るアストンマーティンの洗車から一日がはじまった。

何をやっても怒鳴られた。

「碌な学歴も、家系さえないおまえが、この社会で生きて行くには他人の十倍、いや百倍働け！　三十五歳までは土、日曜、祝日はないと思って働いて、ようやく人と並ぶんだぞ」

三十人足らずの会社の誰よりも働いていた。お洒落で、海が好きで、出張に同行すると駅弁を美味そうに食べていた。

約二年、鍛えに鍛えられた。

もしあの歳月と出逢いがなかったら、こうして今も平然と働き続けることは覚えられなかったと思う。

島崎保彦とおっしゃる。広告業界で知らぬ人はあるまい。本気で叱ってもらえた。

冥福《めいふく》を祈りたい。

ボス、ありがとうございました。

道は見つかる

左足の調子が、今朝はかなり悪いらしい。

私の足ではない。東北一のバカ犬の足である。それでも名前を呼ぶとしっ尾を振りながら足先に来ようとする。

「いいから来なくて。私がそっちへ行く」

それでも嬉しいのだろう。痛い足を引きずりながら近づこうとする。呼ばねばよかった。

以前、作家の馳星周《はせせいしゅう》さんが愛犬の手術に立ち会い、かなりの辛い手術をした愛犬を車の隣りのシートに乗せて帰る折、犬の麻酔が切れ朦朧として目を開け、大好きな飼い主（馳さん）がそばにいるのがわかると、何針も縫った自分の身体にもかかわらず、起き上がって馳さんの顔を舐めようとした。

――そんなふうにしなくていいんだ。静かに横になっていてくれ。

私はその文章を読んで切なくなると同時に、馳さんの愛犬を慕う気持ちが痛いほどわかった。飼い主と犬以上のものがそこにある。

今は犬に替わって猫が人気らしいが、私は犬の方が性《しょう》に合う。だって彼奴等《きゃつら》（失礼）呼んでも来やしないのだもの。

昨夜、仙台は夜半から夜明けにかけて強い風が吹いた。裏の庭に近い所に私の寝所があるので、窓のすぐそばに欅に似た木があり、強風に枝がたわむと、人が泣いているような音を立てる。〝欅鳴《けやきな》く〟と言うらしい。

高校生の時から、六十歳まで世話になった恩師の又野郁雄先生の奥様の短歌集のタイトルが〝欅鳴く〟だった気がする。いや〝欅もゆ〟かもしれない。今月は先生の命日になる。先月は長友啓典氏の命日だった。

亡くなって三年目ということで、日光カンツリーで最後のゴルフ大会が催され、東京では長友氏に世話になった後輩がささやかな催し物をしていた。きっと良いゴルフ大会になっただろうし、明るい思い出の会にもなっただろう。

仙台に戻ってからは仕事場から離れることができない。なぜ、こんなに働きはじめたのだろうかと自分でも思う。

この頃、若い人に、若い時にどう過ごしたらいいのかと訊かれる。自分がやりたいことをしなさい、と言うが、

「やりたいことがわかりません」

と応えられる。私は言う。

「私も自分が何をやりたいのかずっとわからなかった。それでも探し続ければ、不思議なことに何かとぶつかるものだ。大切なのは探し続けようという意志なのだと思う」

人間の一生などというものは、どこで何が起こるかわからないし、どこで歩む道が見つかるかわからないものだ。

大切なのは探し続ける。信じる。希望を失なわないことだ。


バカ犬は今、元気な頃は軽々と飛び越えていた庭とテラスの段差が登れず、片足を掛け懸命に登ろうとする。見ていて切なくもあるが、歳を重ねるとはそういうことなのだ。

その上、昼、夜、眠むる時間が増えた。以前は早く外へ行きたいと私を起こしに来たものだ。家人が散歩へ連れて行っても、すぐに帰ろうと家の方をむいてしまうらしい。

歩く、走るが減った分、腸の動きが悪くなるのか、バカ犬の便を出させるのに、家人とお手伝いさんは苦労をしているらしい。

暗くなってから、お手伝いさんが、バカ犬が便をもよおすのを促すために、

「ノボ（バカ犬の名前）、ウンチ、ウンチ」

と大声で言う。

時折、私が夕刻、庭に連れ出し、

「ウンチ、ウンチ、ウンチ」

と大声で言っていると、家人がそれに気付いてこう言われた。

「その声おやめになった方がよろしいですよ」

「なぜだ？」

「あなたが大声でウンチと叫んでいると、近所の人が、この家の主人が自分のウンチを始末できないのではと思われますよ」

「…………」

私はしばらく考え、オムツをして叫んでいる自分の明日の姿を思い浮かべた。

裏の庭で遅咲きの梅が花を開いた。

銀座のクラブのママから鉢でいただいた。それを植え替えた。高さ六、七十センチだった梅の木が、今はもう二メートル近くになっている。

——あのママが歳を取るはずだ（失礼）。

最後に

お茶の水にある常宿を半年間出なくてはならない。

一ヵ月前から引っ越しの準備をしている。ちいさなそれも一部屋だけなのに、いつの間にかかなりの量の荷物がたまっていた。

私の生活（作家の生活と言ってもいいが）に必要なものは基本は原稿用紙と筆記道具と机（私は手書きでパソコンは使わない）、それに寝る場所のふたつがあればあとは何もない。

部屋で音楽を聴くこともしないし、テレビもあるにはあるが、天気予報（ゴルフのため）を見るくらいだ。

新聞も去年から読むのをやめた。但し新聞に小説を連載している期間は、その新聞が届く。

「何か事件が起きた時に困まるんでは？」

そんなことはない。世の中に一大事が起これば、むこうから勝手に報せに来る。

十年前、仙台で仕事をしていたら、それまで保守王国の宮城で、山の奥にある我が家の前を自民党の議員が選挙カーに乗って支持を訴えに来た。家人がそれを見て言った。

「あら十数年ここに住んでいて、自民党の人が来たのは初めてだわ」

「そうだな。今回、自民党は与党ではなくなるかもしれないナ」

「そうなの？」

「世の中で大きく何かが変わる時は、むこうからそれを報せに来るものだよ」

「へえ〜、そんなものなんだ」

「そういうことだ。戦争がはじまれば銃を手にした連中が家の前を通るだろう」

「まさか」

そのまさかが平然と起こるのが世の中だと私は思っている。

この一ヵ月、一日に一個ずつダンボールにあれこれ詰めて仙台に送っている。

なのにいっこうに荷物は減らない。出した分だけ、どこからか湧いて来ているのではないかと思えて来る。

案外と多いのが誰からか頂いていて、捨てるに捨てられないものである。記念品の類いやどこかの店の開店祝いなどだ。奇妙なのは扇子が十本近くあったことだ。日本舞踊を習っているわけでもないのにだ。おそらく銀座のクラブのママやホステスが何かの祝いに送って来たのだろう。仙台の家人に送って、あらぬ疑いをかけられるのも困まるので、そのままにしておいたのだろう。

扇子の処分のしかたがわからない。

次に風邪薬のセットというのがかなりあった。風邪を引いて、原稿が遅れると口にしたのだろう。大半は担当の編集者がホテルのフロントに置いて行ったものだ。

風邪薬セットの処分も難しい。

以前、こういうものを贈られては本当に困まると思ったものは、大きなガラスケースに入った人形である。祝い事に人形を贈るのが趣味という人がいたのにも驚いたが、家の中にデーンと居座っているのを目にする度に、

——どうにかしなくては……。

と思いつつ、処分の仕方に困まった。

次が、大きな壺である（たいがい人間国宝の先生の作である）。数回あった。

家人が荷を解いて、大きなタメ息をつく。

「傘立てというわけにも行きませんよね」

——当たり前だろう。

上京の折、この常宿で仕事、寝起きをして二十年以上になっているらしい。

以前から作家が利用していただけあって、掃除に入る女性も、書きかけの原稿はそのままにして掃除してくれるし、物音を立てたりする客や子供連れの客を隣室には入れないでくれる。

私は煙草を好んで呑むので、外出すると部屋の空気を入れかえてくれる。

徹夜仕事になると、夜中に牛丼やサンドウィッチをドアマンが買いに行ってくれる。靴も綺麗に磨いてくれる。洗濯はすべて出す。仕上がれば引き出し、洋服掛けにおさめてくれる。熱があれば氷枕もくれる。私はホテルの冷、暖房をいっさい使わないので、扇風機とヒーターを倉庫から出してくれる。

半年間は神楽坂にあるホテルになる。

思い切って都心のホテルを探したが、隣室が元国会議員だったのでやめた。

先生と呼ばれる人種は、表ではそれなりに振舞うが、密室に入れると何をしでかすかわからない輩である。

あと数日で、この部屋とお別れだ。二十数年、事故もなく、強盗もあらわれず、よくぞ無事に仕事をさせてくれた、このちいさな部屋に感謝している。

最後に歌でも一曲聴かせてやろうか。

言い出せなかった

週明けの半日、友人の別離の会が催される。

彼は私の畏友であった。

出逢ったのは、かれこれ四十数年前であった。

大きな体軀をした男で、私より三、四歳年長であったが、丁寧な物言いから、いかにも、当時のテレビドラマの制作の世界で第一線を張っている男の矜持のようなものが漂っていた。業界では知らぬ者がいなかった。

威勢を張るようなところが微塵もなく、それでいて、仕事にかかると見事なまでに演出家、脚本家が全力でかかるようになってしまう能力を持っていた。

プロデューサーという仕事は、その言葉の響きだけを聞いていると、最先端の仕事（実

際、高視聴率のテレビドラマを次から次に制作していたのだが）をする切れ者のように思われようが、その実、毎日の仕事は案外と地味で、我儘な演出家や俳優の無理を聞きながら、全員をクランクアップというむこう岸に連れて行くのである。

その我儘の代表が、彼が番頭役をつとめる演出家の久世光彦であった。

久世さんは、その頃、テレビ界の寵児であった。何にしろ制作する番組がすべて高い視聴率を取る上に世間の話題になる。『時間ですよ』『寺内貫太郎一家』など番組放送中に街から人が消えるほどだった。

彼はその久世さんの大番頭であった。

三浦寛二という。

実にいい男であった。

私は久世さんと、なぜか波長があった。おそらくむこうが合わせてくれていたのだろうが、行きつけの鮨屋が同じで、時折、麻雀の誘いをうけたりした。

逢って何を話すわけではないが、歳下の私に「伊集院、おまえさんは頑固だね。よくそれで生きて行けてるよ」と言われた。

他にも奇妙な縁があった。前妻の夏目雅子も、家人がまだ篠ひろ子の名前で女優をしていた時も、二人とも久世さんに世話になった。

この時、現場で彼女たちの面倒を見てくれていたのが俗称〝三浦の寛チャン〟こと三浦寛二であった。

彼女たちから〝寛チャン〟の名前が出る時は一様に嬉しそうで、いかにも自分たちを守ってくれる頼もしそうな男であったことが伝わって来た。

二人して年に何度か酒を酌み交わすようになったのは、久世さんが亡くなり、制作会社を仕舞った翌年あたりからだった。

「伊集院さん、おかしいとは思いませんか？　会社更生法ってやつは。あんなに金のことで毎日汗水流して、あちこち苦労していたのが、更生法って印籠で、銀行も借金取りも、あとかたもなく失せるんですから」

その一言で寛二さんがどれほどの辛苦をしていたかが伝わった。

二人で銀座の路地を歩いていると、すれ違う前にむこうが道をあけた。何しろ二人とも図体がデカイ上に顔付きがとてもではないが素人《しろうと》に見えない。

「寛二さん、今のは地回りじゃないか？」

「のようでしたね」

「いいことなのやら、悪いことやらだ」

「そう悪いことじゃないでしょう。相手はあんたを見て避《よ》けたんですよ」

「そっくりその言葉をおまえさんに返すよ」

寛二さんの生まれはたしか赤穂のあたりだったように思う。

この春先から、〝忠臣蔵〟を書きはじめた。

初めての時代小説だから、いろいろ苦労はあるが、やりはじめたのだからやり切らねばならない。

彼はよく私の拙い小説を読んでくれた。

――そうか、一番の読者が逝《い》ったのか。

亡くなる直前まで、私の作品が映像化される折の番頭役を引き受けてもらっていた。

私は撮影現場に行くのが苦手なので、その役を寛二さんがテキパキやってくれた。

〝琥珀の夢〟という作品がテレビドラマ化され、その時は、顔くらい出してくれませんか、というので二人して出かけた。

その車中で、寛二さんが、電車に乗っていて若い男と肩がぶつかり、バカヤローくらいのことを言われ、どうしようかと一瞬迷い、やはり引っぱたこうと、追いかけた途端、電車のドアが閉まり、相手は降りていた話を聞かされた。

「ヤワになったもんです。まったく」

「私が居れば一緒に引っぱたいたのにナ」

「そりゃイケナイ。暴力はダメだ」

でもあの時、それで良かったんだよ、もうお互い歳だから、それでいいんだよ、とは言い出せなかった。なぜだ？　と今考えると、三浦寛二は最後まで〝男の中の男だった〟からだ。

旅先で見つけたもの

ひさしぶりにヨーロッパを旅した。
旅と書けば何やら楽しげに聞こえるが、テレビ番組の撮影で、二週間余り、テレビカメラの前で話をさせられた。行程はさしてきつくなかったが、ほぼ毎日撮影が入っていたので、ゆっくりはできなかった。
それでもフランス、パリの常宿でマネージャーのセシル以下、顔馴染みのホテルの人に逢えて嬉しかった。三十年近いつき合いだが皆変わらない。毎日働いている人は元気な上に、若々しい。
この頃、「お若いですね。年齢より十歳は若く見えますね」とか「いや本当に若い」(おべんちゃらとわかっているが)とよく言われるのは、毎日働かされているからだろう。

日々の忙しさが辛いとは思ったことはないし、仕事が一段落して悠々自適な暮らしをしている人を見ても羨ましいとも思わない。むしろ何もすることがない暮らしは辛いのではないかと思ったりする。その推測は、そう間違っていないだろう。

今回の旅はイタリア・ルネッサンスの画家、レオナルド・ダ・ヴィンチが、今年で没後五百年になるというので企画されたもので、パリで『モナリザ』、フィレンツェで『受胎告知』、ミラノで『最後の晩餐』を鑑賞した。

ルーブル美術館の『モナリザ』の鑑賞状態は最悪だった。見物者の大半がスマートフォンで作品を撮影しようとするものだから、まともに鑑賞などできなかった。ルーブル美術館ともあろうものが、こんな愚かなことを平然としているのだから、フランスはすでに文化を喪失しているのだろう。

これはルーブルのすぐそばにあるオランジュリー美術館のモネの連作〝睡蓮〟も同様であまりに見学者を入れているので絵画全体を鑑賞しようにも、絵の中に人が入ってまるで全体の姿が見えなかった。ヒドイことで呆き《あき》れ果てた。

その点、ミラノのサンタ・マリア・デッレ・グラツィエ修道院にあるダ・ヴィンチの『最後の晩餐』は見学者の人数制限と時間制限をして、三十人で十五分から二十分だけしか、その部屋（元修道院の食堂）に入ることができないので、ゆっくりと鑑賞できる。

フィレンツェのウフィツィ美術館もドイツ人の館長が就任し（イタリア人としては珍しい選択だが）、展示がどんどん良くなっていた。絵画鑑賞で大切なのは、静寂と孤独だと私は思っている。だから日本の美術館がやたら入場数にこだわるのは、愚の骨頂なのである。日本の美術館も少し大人になったらどうかと思う。

午後にミラノに出発する午前中、少しフィレンツェの街を歩いた。古い通りの一角にお洒落な本屋があったので中を覗くと、意外に奥が広く、カフェーまであり、日本の料理も出していた。何だろう？　と思ったが、本を見て回るのに懸命になったので、なぜ日本料理なのかもわからず、時間になり店を出た。帰国後、本を入れた袋を見ると、〝TODO MODO〟LIBRERIA　CAFFE　TEATROとあった。

パリはあちこちの店のショーウィンドウが破壊されていた。去年11月からの大きなデモと暴動の名残りである。見ていてやはり痛々しかった。

フランス人はまだ怒りの感情をどこかに隠し持っているのだろう。

それは、この何十年間で日本人が喪失してしまったもっとも手放してはいけないもののひとつのような気がする。なぜ日本人は憤怒を捨てたのか？　怒りの感情の中には、その人を成長させたり、新しいものに挑んだりする精神が養われるように思うのだが……。

空を見上げれば

ヨーロッパの旅から帰国し、すぐに仙台に帰ると、さすがに我が家のバカ犬は、私の長い不在に腹を立てていたのか、しばらく吠えられっ放しだった。

――どこへ行ってたんだよ、ぐうたら作家。

一人と一頭で雨の庭へ出た。

紫陽花、金糸梅《きんしばい》、木槿《むくげ》、石蕗《つわぶき》、そして名前を知らない家人のバラが花を開花させている。

「いいもんだナ。日本のちいさな庭は。そう思わないか」

突然、バカ犬が傘から出て、芝生に入り、用を足しはじめた。十六歳にもなると、大小の排泄に気を付けてやらねばならない。

見ていると、その姿は仔犬の時そのままである。しかし今は仔犬のようには走れないし、庭とテラスの段差をようやく登っている。

ガンバレ、声を掛けるだけで手は貸さない。

手を貸すようになれば、そこでこの犬の暮らしが一変する。お兄チャン犬のアイスも、友達のラルクも皆そうだった。犬、猫にはぎりぎりまでいらぬ手助けをしないことだ。人間も同じである。生家の母は百歳にならんとするが、朝夕の散歩は、私にも、妹にも手を貸させない。生きる基本がわかっているのだ。

以前、両親、祖父母に仕事をいつまでもさせないで楽にさせたい、と言う人がいたが、あれは間違いで、迎えが来る直前まで働くことができたら、これ以上の幸せはなかろう。

父は生前、母になるたけ長く仕事をさせた。姉たちがそれを見て、父さん、母さんを少し楽にさせたら、と言っても、頑としてきかなかった。父は人が年老いてからの過ごし方がわかっていたのだ。

私は今、毎日働く。作家に土、日、祝日なぞない。盆も、正月も勿論ない。職種によって働き方が違うのは当然のことである。

——やはりそうか。

ということが東北一のバカ犬であった。

ノボは仔犬の時から左目が見えていなかったのだ。それが歳を取って来て、彼の動作を見ていてわかった。

最初からそうなら、少々の身体の欠陥はどうということはないのだ。私たち人間も或る程度生きて行けば、身体に不自由なところは必ず出る。名横綱、双葉山は引退して初めて、右目が見えないことを打ち明けた。

父はよくこう言った。

「人間、手、足の一本くらいなくとも生きて行ける生きものなんだ。そんなことを〝できない理由〟にするんじゃない」

私はそう言われて育ったから、身体に欠陥のある人に必要以上の同情はしないし、ましてや憐《あわれ》むこともしない。第一、人を憐むことはその人に失礼である。

「ノボ、おまえ、私と同じだナ。何だかよく似てるって言われるが、目までもかよ」

私は今、左目はほとんど見えない。三ヵ月に一度、眼球に注射をして貰い、悪化するのを防いでいるが、今回、絵画鑑賞に出かけて、何がこころもとなかったかと言えば、やはり目の具合いだった。しかしそれも鑑賞の時だけのことで、執筆には何の支障もない。

時差のせいか、朝の四時半くらいに目覚める。庭に出て夜明けの風景、音を聞いている。

フィレンツェでもそうだったが、朝はちいさな鳥から鳴きはじめる。ノボは寝たままで起きない。老犬とはそういうものだ。やがて足音が聞こえ、隣りで一緒に庭や、空を見る。雨ばかりだ。

花の名前をすべて教えたのだが、どれだけ覚えているのか。二日酔の朝、私は鼻歌を歌っているとお手伝いに言われた。私が歌うとノボは少し身体を揺らす。

「オイ、二人でデビューするか？」

あと何年、このようなひとときが過ごせるかはわからぬが、自然の摂理に人だけがあらがうのは傲慢でしかない。

東京は新しいホテルに入り、その部屋が落着くまでなかなか苦労する。

良い点は部屋の（二階）そばまで大きな木々が茂っていて、早朝、鳥の声で目覚めることだ。悪い点は、週末、昼飯を食べに出ると、どこからこんなにジジィとババアが出て来たんだ、と驚くほどの人が神楽坂の坂をダラダラ歩いていて、嫌になる。

――もっとピリッと歩かんか！

それにしても何がよくて、こんな街に人が集まるのだろうか。古くからある店以外、まともな店はないのに……。

先刻、蕎麦を食べての帰り道、通りの花屋で葉だけのものが綺麗だったのだが、聞いた名前をもう忘れている。マッタク！

そう言えば、仙台の仕事場に家人が活けたバラの花の赤色があざやかだった。今は、掃除に来てくれるK嬢が活けたトルコ桔梗が可愛い。

蕎麦屋にあわてて行ったら、携帯と思ってポケットに入っていたのがクーラーのリモコンだった。私も大丈夫なのだろうか。

風は思いのほか冷たくて

一冊の本が常宿に届いた。

『拗《す》ね者たらん　本田靖春　人と作品』後藤正治著、講談社刊である。

表紙に写った本田靖春の顔が実にイイ。写真の背景から見て、そこが大井競馬場であることが一目でわかる。本田のうしろに屯する男たちの身なりから、昭和40年代後半から50年代にかけてのものだ。

あの頃、ギャンブル場へ行く男たちはだいたい同じ恰好をしていた。冬なら安物の吊しのコートである。経済成長の時期と言うが、皆金はなかった。今のように洒落た身なりで博奕場へ入ると、コーチ屋やチンピラの絶好のカモにされた。競馬場にコートが必要なのは、競馬新聞、タバコ、鉛筆、財布……と物入りだったからだ。同時、オケラになった時、競馬場を吹き抜ける風は思いのほか冷たいのである。帰りすがら屋台の酒一杯分の小銭はコートのポケットが似合った。

表紙の写真の本田の顔がイイと書いたのは、昭和を代表するジャーナリスト、本田靖春がめったに笑うことがなく、この写真の本田がどこか笑っているようなやわらかな表情をしているからだ。

私が初めて本田と逢ったのも競馬場だった。東京、府中競馬場で締切りのベルが鳴り響いているフロアーに、一人の男が着古したコートで、やや片方の足を引きずりながらスタンドにむかっていた。鋭い眼光を見て、一目で男が素人《しろうと》ではないことがわかった。サラリーマンでも商い人でもない。今回の本のタイトルにある拗ね者（つむじまがり。異分子の意）はおそらく彼の畏友である著者の後藤氏か、彼を愛した編集者が、本田の人一倍強い含羞を知っていて付けたのだろうが、本田ほど編集者に愛された物書きは珍しい。

私は連れていた遊び人の編集者に、

「あの男は誰だ？」と訊くと、相手は、

「あれが本田靖春だ」と自慢気に言った。

――あれが本田靖春か……。

丁度、本田の作品、伝説のヤクザを書いた『疵』を読んだばかりだったので、或る種の憧憬を持ってその姿を追ったのを覚えている。

二度目も競馬場で人を介して挨拶した。照れ臭そうに名前を名乗る仕草が少年のようで驚いた。この男が、昭和の衆目された事件の暗部を徹底した取材と鋭い洞察力と静謐な文章で社会に問い続けている男とは思えなかった。

同じ印象を持つ人物を二人知っていた。本田と同じ読売新聞の記者からジャーナリストになり、〝黒田軍団〟のトップ、清《きよ》っつあんこと黒田清と、作家の色川武大だ。

あとは盛り場の焼鳥屋のカウンターで独り飲んでいた本田を見ただけである。

そうであるのに本田は彼の全集が刊行された折、全集の中の一冊の本の解説文を丁寧な手紙とともに依頼して来た。

嬉しかった。自分も物書きの端くれになったのかもしれないと思った。それほど本田の仕事を支持する同業者、作家は多かった。

送られた本は、暮れの締切りに追われていたので、正月にでもと思っていたが、読みはじめると止まらなかった。後藤氏の逝きし戦友に対しての思いと無駄のない文章がどんどん先へ連れて行った。

今年、さまざまな本を読んだが、おそらくこの本が、今年のベストワンであろう。

平坦な文であるのに、激昂する本田、勇躍する本田、静かに目を閉じている本田の姿が臨場に居るごときにあらわれた。

『不当逮捕』『誘拐』『警察《サツ》回り』『疵』……数々の名著を、私は今の若い人が一冊だけでもいいから読んでくれればと思う。

晩年、本田は疾患のため、足を切断せねばならなかった。それでも本田は書き続けた。

こう書くと本田の生涯が凄絶でしかなかったように思うが、若き日の本田がニューヨーク支局に配属され、異国の地で書かれた『ニューヨークの日本人』は、洒落た大都会への憧憬と四季の描写に感傷があらわれロマンチックこの上ない。

エディターズ・ハイという言葉がある。それは成長期にある作家と担当編集者が作品を通して同じ高揚感を抱き、ともに成長する時期のことを言う。

エディターズ・ラブ。本田にはさしずめその言葉が似合った気がする。彼に出逢った多くの編集者はしあわせであったろう。

若者よ。『拗ね者たらん』を読みなさい。そうすれば、君も少し大人の男に近づくだろう。

あの日、あの年

白鳥《はくちょう》が空を飛びながら可愛い声で鳴くのを初めて見た。

五羽の白鳥が、仙台の我が家の真上を翼をひろげて北の方角に飛んで行った。

その折、可愛い鳴き声が届いた。

飛ぶ速度も、かなり速い。大きな鳥だけにそう見えるのかもしれない。しかし鳴き声は思いがけずに可愛いものだった。

あきらかに何かを話している。

夕暮れ前だったから、「寝床に戻ったら△△しようね」とか「昼間の○○面白かったよね」なんて話しているように聞こえた。

仲の良い新婚の夫婦にも、もっと若ければ中、高校生にも映る。

まさか巣にテレビはなかろうが、その声が「今日、七時からたけしさんの番組があるよ。一緒に見ようね」とか「今日の体育の先生おかしかったよね」なんて話してる感じだった。以前、東北一のバカ犬と庭先に座っていたら、いきなり背後から白鳥が真上を飛んで来た。それもかなり低空飛行だったので、私も犬も驚いて、思わず空を見上げた。

犬はすかさず鳥影にむかって吠えたてた。

「いや、ビックリしたな。驚かしやがって」

そう言ってから犬に告げた。

「今のが白鳥って知ってたか?」

犬はまだ吠えていた。わかっちゃいまい。

「やっぱり、ここは北国なんだナ……」

私が初めてこの家に来たのは、その年の年の瀬で、仙台は数日前から大雪になり、家人が小紙に書き残した住所を仙台駅から乗ったタクシーの運転手に渡した。

「お客さん、まあ大丈夫だと思うが、このところの雪で、途中徐行運転になるかもしんないから」

「着けるは着けるんだろう？」

「ハッハハ、そりゃ何とか着くべ」

運転手の心配どおり、動けなくなっている車もあり、ノロノロ運転の道もあった。少し高台に出た時、車のフロントガラスに映ったのは一面の銀世界だった。

「ここは本当に日本なのかね」

「ハッハハ、たぶんね」


吹雪というものも初めて目にした。

雪が真横に飛んでいる。

――こんな中じゃ、そりゃ遭難するわナ。

バカ犬が我が家に来て、初めての大雪を見た時の、あの何とも言えぬ表情も覚えている。

――何だ？　この白いのは。どうなっとるんだ。

としばらく庭に出ないで考え込んでいた。

しかしいったん庭に出て走りはじめると、雪の感触が嬉しいのか、興奮しっ放しで走り回っていた。

去年の初めの東京での大雪の折、北野たけしさんの愛犬が、やはり初めて庭に積もった雪を見たらしく、これも大興奮して、走り回った映像を見せてもらった。

「伊集院さん、あの唱歌の♪犬は喜び庭駆け回り♪ってのは本当だったんだナ」

とたけしさんが嬉しそうに言った。

見る度に悠然として、たけしさん以外の人間を一瞥しかしない意志の強い犬だが、それが子供のように跳ね回っていて、たけしさんが思わず笑い出したのもわかる気がした。


一度、家の周囲の雪掻きを手伝わされたが、雪掻きがあんなにしんどい作業とは思わなかった。あれを毎日、秋田、新潟の方では老人がやるというのだから、たいしたものだ。雪掻きは早朝、毎日しないといけないものらしい。私は一度切りでよした。

屋根に積もった雪も、毎日、様子を見ておかないとイケナイ。春先に雪が続き、急に朝日が照りつけるようになった年があった。屋根の雪は陽差しでどんどん固くなり、或る朝、玄関先で大音響がし、家が揺れた。外へ出てみると大きな氷の塊りが屋根から落下し、玄関のタイルを粉々に砕いていた。

――犬がいたら死ぬところだったナ。

東北の人たちは、関西の人たちと比べるとやはりやさしく、どこか控え目な人が多い。自慢話というものをしない。ほとんど聞いたことがない。

ところがひとつだけ、これに関してはまったく譲らない。譲らないと言うより、大半の人々が断固として言い切る。

「いや、オバアちゃん。ここ数日寒いですね。こんな寒くて、雪が多いのは初めてですよ」

「いや、昔の寒さは、雪はこ〜んなもんではねえど」

東北の人は寒さに関しては許さない。

とても好きだったよ

東北一のバカ犬の友だちであり、バカ犬の三年前に亡くなったお兄チャン、アイスの親友であったお手伝いのトモチャンの家のラルク君が数日前に召された。

十七歳と十一ヵ月であった。ミニチュアダックスとしては長生きをしてくれた方である。

ラルク君はおだやかで、おとなしい性格の犬だった。

生後四ヵ月で、散歩の途中で犬と犬が出逢い、妙に犬同士が仲良くなって、我が家とラルク君のつき合いがはじまった。

私が長い海外取材を終えて帰宅すると、家人が手に入れた仔犬が走り回っていた。

自分の近くに犬が暮らす生活は実に三十数年振りだった。父が犬が好きで、生家にはいつも数匹の犬がいた。どれも雑種だが、少年時代に、そばに生きものが同居しているというこ

とは素晴らしいことだった。

私はどちらかというと変な子供で、人と、友だちと打ちとけることができなかった。友だちがいないというのはやはり淋しいものである。孤独というものを幼くして体験することになる。孤独は大人の精神さえも揺らがせることがあるから、ましてや子供には辛い時間となる。それを救ってくれたのが犬であった。呼べば嬉しそうにしっ尾を振って走り寄ってくれるし、牙があるのに決して飼い主に牙を剝くことはない。〝アマガミ〟というのも父に教えてもらった。

上京する前夜、私はすでに老犬になっていた犬と過ごした。

「おまえはわからんと思うが、俺は明日見知らぬ街へ行く。もう逢えないかもしれん。今までありがとうな。長生きしろよ」

話しかけるとじっとこちらの目を見ていた。

上京してからの私の日々は、普通の人から比べると、少しいろんなことがあった（ありすぎたかもしれない）。犬を飼うなどということなど考えもしなかったが、時折、湘南の海辺に佇んでいると、犬と歩く男や少年が目にとまり、自分の人生は犬を連れた光景の中に二度と身を置くことはできないのだろう、と思っていた。

それが家人と暮らすようになり仙台に家を移し、犬がやって来た。思わぬことというより、夢でも見ているのか、とその仔犬を見つめていた。

犬の名前も付けた。亜以須《アイス》。ところが家の中で飼うので、私の知る犬とはどこか違っていた。アイスは大半を家人と一緒にいるから、私を見る目が、時々、ここに居るが、おまえは誰なんだ？　というふうに映る。

ところが或る日、友だちを連れて帰って来た。それがラルク君だった。やさしい目をして品のある仔犬だった。面白いもので一頭だけを見ている時は、我儘な犬だナ、と思っていたアイスが案外と思いやりがあるのがわかり、この犬も悪くないじゃないか、と思えるようになった。

アイスとラルク君は毎日逢って散歩し、やがて飼い主のトモチャンが我が家でお手伝いをしはじめた。トモチャンは若くて、明るくて、頑張り屋の新妻だった。

やがて二頭にもう一頭、おそるべき仔犬が加わった。最初、突然、我が家にあらわれた仔犬をアイスは簡単に受け入れようとしなかった。受け入れ方をアイスに教えたのがラルク君だった。アイスがノボ（バカ犬の名前、乃歩《ノボ》）を威嚇《いかく》すると、ラルク君が二頭の間に入り、ノボを舐めたりした。

――ホウッー、なんてイイ犬だ。ラルクは。

昼間、私の仕事の邪魔になってはと、三頭はトモチャンが預ってくれて、皆昼寝して過ごすようになり、夕刻、三頭で帰って来ると夕食になった。三つつの皿が並び、クリスマスには三つつのローソクが点ったケーキを最後に食べさせてもらったりしていた。

怪しい人や、犬が家に近づくと、三頭で吠えまくった。

「静かにせんか！　日本の文学の邪魔するな」

私が言ってもおかまいなしだった。

三年前、アイスが衰弱した時は二頭がそばに寄り添っていた。今回もラルク君が亡くなる日の昼間、ノボがずっとラルクのそばにいて顔を舐めていた。人間の家族よりよほどきちんとしている。

とうとうバカ犬は一頭になった。彼の心境は計れないが、人間の何倍ものスピードで生きる運命を持つのだからどうしようもない。自然の摂理とはそういうものである。

ラルク君、長い間ありがとうナ。私は君の少しとぼけたような瞳がとても好きだったよ。

第三章

あなたならやっていける

去りゆく人

鎌倉に住む友人のカンチャンが入院したと聞いたので、常宿の近くにある太田姫稲荷神社によろしくと願いに行った。

神社へむかう歩道は幅二メートルくらいで狭い。鳥居が見えた頃、むかいから中学生か高校生くらいの女の子が三人横に並んでスマホを片手に話をしながらやって来た。私は歩道はセンターを歩く。

――まあ女の子たちも少しは避けるだろう。

距離がどんどん近づいて、私と三人は目を合わせた。

――何？　このオジサン？

そんな表情に一瞬見えた時、すでに私は声を発っしていた。

「女、子供が道の真ん中を歩くんじゃない」

突然の声に相手はたじろいだが、そこはさすがに千代田区の学校へ通う女の子だ。

「どうして真ん中を歩いちゃイケナイのよ」

「そんなことは千年も前から決まっていることだ。バカモン」

「え〜、そんなこと聞いたことがない」

「じゃ今聞いたのだからこの先、生涯覚えておきなさい」

三人は道を譲って、バカみたい、と小声でのたもうた。

——そうだ。わしがバカの見本だ。バカの何が悪い……。

三人の女の子が靴音鳴らして小走りに離れて行き、同時に振りむいて、舌を出して妙なダンスのようなものをして笑い合った。それが可愛いかったので苦笑した。


在来線の電車に乗ると座らない。昔、母に大人の男は座らないものだと教えられた。

「でも偉い人は違うのよ。一等に乗って座るの」

電車で立っていると、時折、見知らぬ人がにじり寄って来て小声で言われる時がある。

「先生いつも読んでますよ」丁寧に言われると「ありがとう」と小声で返す。「あんたもしかして」などと言われると「違います」と即答する。

先日、歯科医院へ行くので中央線の車輌で立っているとオバサンがにじり寄って来た。違います、と言おうとしたら、「パーカーの表裏が逆ですよ」と言われた。

この数ヵ月、ゴルフが滅茶苦茶である。

文壇ゴルフも最下位に近い（まあもともと達者じゃないんだが）。先月ホームコースで先輩達にまじってチーム戦に参加した。同伴の三方《さんかた》は八十歳に近い。その方々にグロスで敗れ、呆きれ果てられた。

プレー後の交酒歓談の席で同じチームの先輩に言われた。

「いくらバンカーが出ないからって、シングルプレーヤーがグリーンの逆を向いてバンカーショットを打ったのは初めて見たよ」

その夜、仙台に電話を入れた。「そろそろゴルフをやめようと思う」「そうですか、その話これで何十回目かしら」「…………」

長く通っていた神楽坂の〝寿司幸〟が年内で店をたたむと葉書きが届いた。

たしかに親方が一年前、体調を崩されて、初めて店を休んだことがあった。再び板場に立った様子は、大丈夫だと思えたのだが、親方が自分ですべてを決めたのだろう。

作家の駆け出しの頃、同じ神楽坂にあった〝和可菜〟という旅館にカンヅメになり、一夜、ベテラン編集者に連れられ、この店のカウンターに座った。私の他はパリッとした身なりの、品のあるいかにも上客揃いで、私のようにやさぐれた恰好の客はいなかった。編集者が親方に声を掛ける。「××先生は最近お見えになりますか?」「はい、先日も△△先生と」どちらも大御所作家である。編集者が私の耳元でささやいた。「あなたも立派な作家になればこういう場所に来られますから」

――フン、何を言いやがる。たかが鮨屋じゃねぇか。

頭に来たので、翌夜、旅館をぬけ出し、パジャマの上にブレザーを着て一人で入った。

「派手なシャツですナ」

「ああ、パジャマだもの」

以来、親方は数年、私と口をきかなかった。

家人は以前から仙台の両親が上京すると、この店へ通っていた。私は隣りに座って黙って飲んでいた。頑固なオヤジだな……。

口をきくようになったのは二十年前くらいだったか。私は鮨の味など無知だったが、ようやくこの人が東京で、いや日本で一、二の職人とわかるようになった。

人も、世間の道理も、ようやくその価値がわかりはじめた頃、去って行く。

中島敦に『名人伝』という好短編がある。板前に立っているだけでもいいんだがと思うが、真摯《しんし》に仕事をした人はそれを許さない。

小説の塩梅が悪い時、ずいぶんと助けられた。長い間、ありがとうございました。

恋と愛

二十年近く前に、或る週刊誌で小説を連載した。その小説のタイトルが〝なにごともなく〟というもので、タイトルとは違って小説の内容は読む人によっては官能小説ともとれる、きわどいものだった。

さし絵からして男性の絵描きさんと女性の絵描きさんの二人が担当して下さって、女性が女の裸身を描き、男性が裸身の男をそこに交情させるというものだった。

半年間の連載だったが、疲れ果てたのを今もよく覚えている。

――この手の小説はやはり私にはむかないようだナ……。

が連載終了後の感想だった。それ故、勿論、出版もしていない。何作かある私の失敗である。

今年の夏は、正直に打ち明けると、鬱々とした夏であった。

――今日は爽快だった！

などと言えた日は一日もなかった。

と言うのは、厄介な仕事をひとつ引き受けて、その仕事が遅々《ちち》として進まなかった。まあ仕事はどんな仕事も、ラクなものはひとつとしてないのだが、今回は手強かった、と書きたいが、まだ手強いままで未完である。

恋愛小説である。

デビュー当時、一作書いた。これが妙に評判が良く、本も売れたのだが、自分としてはしんどかった。

「恋愛小説は小説の王道です」

昔は、そう言い切るベテラン編集者が何人かいた。ゲーテの「若きウェルテルの悩み」スタンダールの「赤と黒」。日本文学の最高峰に紫式部の「源氏物語」を置く人もいるほどである。

まだ右も左もわからぬ青二才の新人作家はベテラン編集者に尻を叩かれ、慣れない恋愛小説を汗を掻きく書いた。もう手にする読者もいらっしゃらないだろうが「白秋」というタイトルの鎌倉を舞台にした小説だ。

女優の岩下志麻さんは、今でもまだその小説の中の或る女性の役を演じたいとおっしゃって下さる。有難いことである。

その作品を最後に、二十数年恋愛小説から離れていた。

ところが春の初めの或る宴席で、

「伊集院さん、大人の恋愛小説を読みたいのですが、書いてもらえませんか」

と丁寧な口調で言われた。

「えっ、どうして私なんですか？」

「あなたなら私たちが望んでいる大人の恋愛小説を書いて下さる予感がするんです」

「あなたは私を誤解なさっています。男女の微妙な感情など、私には無縁でして、それでなくとも『女のこころがわかってないのよ』なんて初中後《しょっちゅう》言われてますから」

「いや、そうは思いません」

相手の真剣な表情になぜかどぎまぎした。

その夜、少し飲み過ぎたのか、よせばいいのに、やってみましょうと口走ってしまった。

「夏が終るまでにはかたちにしましょう」

時々、こういう大胆なことを私はする。懸命にやれば何とかなるはずだ。私だってプロなんだから……と夏の旅の予定もすべて断わって、梅雨明けから机にむかった。

作品の舞台となる静岡へ行き、渓谷の中に分け入り、せせらぎを渡り、滝を拝した。静岡のホテルで書き出してみると、これが案外と順調で、何だ、恋愛小説家だったんじゃないのボク。夜はバーなんかに行って気分のイイウィスキーで一人乾杯した。

ところが数枚でバッタリととまった。

微動だにしない。外はうだるような暑さの夏、クーラーもつけずに汗だくで白い原稿用紙の前で腕組みが続いた。

こりゃ場所が悪いに違いない。急いで東京に戻り、鉄板焼きみたいな街で、これまた扇風機の音だけが響いて、いっこうに筆が走る音はしない。「気晴らしにゴルフでも？」「いいえ、ここで仕上がらなかったら私は本当にダメ作家で終ります」「いつもと違いますね」「そうです。なぜかわかりませんが、そんな心境なんです。やりますよ、伊集院静」

ところが机に着くと、静止画像の私が居る。アセモはできるし、体重は5キロも減るし、原稿用紙は白いままだし……。それでも四十日間、悪戦苦闘して、物語の半分くらいまでこぎつけた。この残る半分がすべてなのだ。

時折、仙台に戻り、東北一のバカ犬に声をかける。わしの今の辛さがわかるか？　人間はなぜ恋愛なんぞするんだろうナ？

ワン。ワンじゃなくて、ツー、スリーフォーでハイ出来上がりと行きたいんだよ。

この仕事が完了しないと、私の夏は終らない。もう十月なのに、私はまだ夏の只中に一人居る。時々、バカだね、おまえは、と自分に言うのだが、バカは死ななきゃ治らない。

訳のわからない愚痴につき合わせてしまい、読者の皆さん、すみませんでした。

さあ今夜も、恋愛小説家にならねば。

一匹の猫がいて

お茶の水の常宿が半年余り改修工事に入ると言うので、神楽坂のちいさなホテルでしばらく暮らすことにした。

丘の上にあるちいさなホテルである。

窓も開いて、風通しも良い。

何とかやっていけそうな気がする。

神楽坂は縁のない土地ではない。

小説でも、遊びでもお世話になった阿佐田哲也さんこと、文学者の色川武大さんの生家が近かったこともあり、二人してこの街を歩いたことが何度かあった。

神楽坂の坂上に毘沙門天がある。

善国寺と言ったか、この毘沙門天で、前の戦争の時、出陣の祝いをしたことが、色川先生の短編に描いてあり、先生は、皆が万歳三唱をする風景を見て、――何てくだらない人たちだろう。

とつぶやいていた。

それは単純に反骨の精神ではなく、戦争がいかに愚かなことかを、友を送る描写で描いておられた。

先日、北方領土のことで、〝戦争で取り返すしかない〟と発言した若い国会議員のことが問題になっているが、彼は半分は本気でそう発言したのだと思う。

今や日本人に、戦争の実感などあるはずがないし、彼は今でも自分の発言は間違っていないと思っているはずだ。

それが日本の若者の現状なのである。皆が皆そう思っているとは思わない。戦争を知らないのだからどうしようもない。

人間は肌を切られて血を流してあわてるのである。銃で撃たれて、何が今、自分の身体の中に起こったのだと思うのである。

それではすでに遅いのだが、大衆はいつも遅いことに気付かない。

戦争に日本は必ず巻き込まれる。

――えっ！　そんな……。

戦争はそんなふうに唐突にやって来る。

ホテルが変わってしばらく落着かなかった。

初めっからそれはわかっていたが、今回は半分、旅に来たつもりで過ごすことにした。

今日の昼は蕎麦屋を探しに行き、〝翁庵〟という店が、カレー南蛮がなかなかで一安心した。

帰りに〝紀の善〟で豆かんを買って帰った。

紀の善は、昔、色川先生と二人で入り、先生が甘いものを三人前も注文したのを見て驚いたことがあった。

「大丈夫ですか？」

「好物は身体に悪くないんですよ」

先生はそう言って、餡蜜と、豆かんと、冷ししるこをぺろりと平げた。

これまでのホテルと違い、自分でゴミも分けなくてはならない。

昔、〝和可菜〟という旅館があって、そこに缶詰になり、処女作の短編集、〝三年坂〟の中の二作を書いた。この旅館には色川先生も、時折、見えていたらしい。

「伊集院君、文章の稽古をしましょう。相撲みたいに申し合い稽古ですよ。神楽坂にはそれに打ってつけの旅館があります」

若い自分には、旅館と言うより、土俵があるのですと聞こえた。それが〝和可菜〟だった。

「先生もこの部屋で仕事をなさったんです」

と案内のバアさんに教えられた。

山田洋次監督も、ここで〝トラさん〟の台本を書いたらしい。作家の野坂昭如さんも常連で、宿泊していて、ほとんど執筆している姿を見たことがないとバアさんが言っていた。

一匹の猫がいて、それが一階の部屋の障子戸を開けると、水が入っていない池の中にじっとしていた。

俳優の渥美清さんも句会の時に見えていたそうで、バアさんに逢うと「オバサン元気？大変だねぇ〜」といつも声を掛けてくれたそうだ。バアさんが言うには「何が大変なのかさっぱり私にはわかりませんでした」と聞いて、笑ってしまった。

神楽坂は変わった。

通っていた〝寿司幸〟の山田さんも去年で店を閉めた。中華料理店の〝五十番〟も料理を出さなくなり、饅頭屋になっていた。

街は常に変容するものである。

週末に昼食を摂りに出たら、えらい人混みであった。

坂道がまともに歩けなかった。

お茶の水は大学、専門学校、予備校があり、若い人が多かったが、神楽坂は、どこからこれだけのジジイとババアが出て来たのかと驚いた。どう見ても何か用があって来ているのではない。その上、高齢者であふれているので歩調もゆっくりだし、合わせて歩いていると、こちらも段々おかしくなる。

今の高齢者の大半は、高齢者ということに甘えているように映る。いや実際そうなのだろう。

——サッサ、サッサと歩きなさい。

若者もしかりで、ブラブラと歩く。そうでなければスマートフォンを覗いている。

そんなものの中に、君の将来を導いてくれるものがあるわけがないだろう。

神楽坂をブラブラする暇があるのなら、無銭旅行でいいから、世界の真実を見るために旅へ出ろ。若い時にラクをすれば取り返しがつかなくなる。

少し高齢者になったからと言って、フラフラ生きていたら、まともな死に目には遭わないことをわかっているのか。

若い時は自分を鍛えて、年を取れば他人のために生きるのは常識と違うのか？

あの頃を思い出せば

このところ読書に関しては、ゆっくりと愉しむことができない。

まあ元々、読書は好きではなかった。遊び盛りの少年で読書好きという子供はかなり変わっていると私は大人になった今でも思っている。遊び時間、放課後に図書館にいる少年もいないわけではなかったが、その子と話をすると、何だかいつも勉強をさせられているみたいで可哀相に思っていた。

その少年とたまたま通学路を歩いた。

「君はいつも図書館にいるけど、本を読むって面白いの？」

「うん、面白いよ。いろんな世界を見られるんだ」

——世界？

私はその時〝世界〟という言葉を知らなかった。わずかに〝世界大戦争〟を知っていた。仲のイイ悪ガキたちが大雨を仰ぎ見て、

「こんなに降ったら世界大戦争になるかもしれんぞ」と真剣に顔を曇らせていた。

大人たちが大勢でひとつ所で騒いでいると、悪ガキ共は、何じゃ、何じゃ？　と追いかけ、ハエみたいに付いて来るナ、バカタレが、と追い返されると、世界大戦争かもしれん、と話のまとめに使われる言葉だった。

平和の意味は知らずとも、戦争、騒乱の気配を察するのは子供としては悪くない。

話が逸れたので読書に戻す。

作家になってから、新人の方や、たまに先輩作家でも、子供の時から本が好きだったと来歴に記してあると、やはり人間の質が違っていたのだと思う気持ちと、本当かしら？　という気持ちを半々抱く。

私は少年時代、数冊の本しか読まなかった。それも教師に読まされた。読書感想画コンクールというのが全国規模であり、絵を描くために読んだ。絵の方は賞を貰い、教師も、家族も喜んだが、何が書いてあったのか、とは誰も聞かなかった。

本を読まねばと思ったのは高校二年の時である。野球部の顧問に新米の教師が来た。家が

生家の近所で、母は魚と酒を届けさせた。その上、洗濯があれば（家業の中に洗濯屋があった）出してくれとも若衆に言付けさせたらしい。こういうことを昔は平然とやっていたのだろう。

下宿先を訪ねて驚いた。六畳の部屋の壁の三方に本が山積みされていた。「先生、これ全部読んだんですか？」「読んだものもあるが、これから読むものもある」私は宇宙人でも見る目で新米教師を見ていたのだろう。

「何か自分が読んだらイイ本ありますかね」

おべんちゃらのつもりで言ったのに、一冊のちいさな本を（後に文庫本というのを知った）渡された。汚れた本だった。

「〝カントの純粋理性批判〟だ。今から読んどけば大人になればわかるやもしれん」

「何が書いてあるんですか」

「君が（主観）感覚的所与を秩序づけることによってそこに立っとる（成立）ということだ」

「はあ〜？」

二人で少し酒を飲み、下宿の隣りの原っぱでキャッチボールとバッティングを教えた。何しろ初めて野球をやる人だった。

「西山（私の名前）、ボールに当たらんのだがどうやれば当たるんだ？」
「そんなもの来たボールをよく見て、カント純粋な気持ちで打てばイイだけです」
「君、言葉のセンスあるね。野球だけをさせとくのはもったいないナ」（これ会話の部分は作り話ですから）

この人に出逢ったことが、後年の私のすべてを決めてくれた。まさに恩師である。

今週、読書のことを書いたのは一冊の本が贈られて来たからだ。『卑弥呼《ひみこ》、衆を惑わす』篠田正浩著、幻戯書房刊。読みはじめるとこれが面白い。力作である。既刊の『河原者ノススメ　死穢《しえ》と修羅の記憶』『路上の義経』が良い本であったから、これは今読むと仕事にならんぞ、と必読棚に立てた。日本の起源を探ることは日本人として必要だ（半分近く読んでしまった）。良書とは斯くものである。

その棚に北野武さんの書棚から借り受けた『虚数の情緒』吉田武著、東海大学出版部刊と『世界歴史大系　朝鮮史1、2』李成市、宮嶋博史、糟谷憲一編、山川出版社刊がある。『虚数』は北野武さんの奥深さと野球小僧も本を読むところが楽しい。『朝鮮史』は今まで読んだ朝鮮半島の歴史書で群を抜いている。

野球小僧でも本は読むと書いたが、かつて武さんと私は草野球の出張に出ていた兄弟分だった。彼の野球の上手いこと！　時折、二人で酒を酌み交わす折、この人の頭の中を一度切開して覗いてみたいと思うことがある。ともかくかなわない。困った人である。

まだ終わってなんかいない

この頃、さまざまな土地の米が美味しくなったのに驚く。

先日、山形の上山の横戸長兵衛さんから送られて来た〝つや姫〟がまことに美味だった。

ところが私はこの長兵衛さんを知らない。

何の縁で、命の次に大切な米を？　と思案したが、いわれなきものを受け取るわけにはいかない。ところが家人は私が仙台に戻ると、

「今日は上山の長兵衛さんの〝つや姫〟ですよ」と堂々とおっしゃる。

――誰だ？　その村の名主のような男は？

「あら、お知り合いではありませんの？」

この呑気というかおおらかさが元女優の怖さでもある。

「知らん。まずは相手をたしかめて、それからのことだ」

「もう炊いちゃいました……」

――何？

「本当に美味しいんですからあなたもひと口お食べになったら」

飯茶碗に湯気が立ち、香りの良さそうな白飯を目の前に差し出された。

受け取る謂れ因縁があればいたしかたがないが、何もないのなら……。炊いた飯を握り飯にして返却するのも、良識としてどうかと思った。考えあぐねたが、ともかく飯は炊き立てが美味《うま》いので、南三陸町の魚屋から届いた肴と食べると、これがなるほど美味い。

食べながら、どうしたものかと思った。あとの祭りではなく、あとさき考えずの完食であった。うしろめたさと言うより、ほとんど犯罪ではないかと思った。

食後にラ・フランスなる果物が出た。

「これは美味いものだね。どこで売ってたのかね？」

「これも長兵衛さんです」

思わず吐き出しそうになった。

「私は、その長兵衛を知らんと言ったろう。なぜ許しもなく、切って皿に乗せたんだ？」

「だって今が食べごろと書いてあったし」

「君は見ず知らずの、長兵衛だか、短兵衛だか知らんが、それを……」

結果として、そのラ・フランスは美味かったのだが、美味いで済むなら、大人としての常識が欠落している。

昔、子だくさんの貧乏な家に、間違って寿司屋から桶一杯の鮨が届けられ、どうぞご賞味下さい、という一文があったので、一家十人がたらふくそれを完食した。やや時間があって、寿司屋の小僧があわててやって来て、先刻の届け物は家を間違ってましたと言って来た。玄関に出て来た一家十人が、自分たちのお腹を指さした。

あとの祭りではなく、子供たち全員がお祭りのような食事であったろう。

長兵衛さんからの手紙を読み返し、後日、間違いだったと連絡が来たら、私、家人、お手伝いさん、バカ犬全員でお腹を指さしている写真を送るしかあるまい。

何とも奇妙な出来事だったが、まだ終っていないところが怖い。

横浜に三溪園なる名庭と家屋があり、今は横浜市に寄贈され、市民の憩いの場になっている。この三溪園の隣りに料亭がある。

そこで去年から福井県の特産物を調理し、廉価で馳走する会が催されている。私はこういう催しには参加しないのだが、普段、世話になっているK先輩から招待された。招待も大の苦手だが、世話になっている由縁は、人間一人の生き方もまげねばならぬことがある。

次女と二人でのこのこ出かけた。

「父、これって何の会なの？」

「私もよくはわからない」

「そういう場所に娘を連れて行くわけだ」

「……？　しかし越前蟹は美味いぞ」

「蟹なの？」

「いちほまれも美味い」

「じゃ楽しみだね」

二人して座っていると、水菜、九頭龍《くずりゅう》まいたけおひたし、上江ファーム青大豆おからボール、福地鶏卵焼、辛味大根、柿、こんにゃく、春菊白和え、大根田楽みそ、上庄里芋煮物、谷口屋油揚甘煮、越前鰈、せいこガニ、越前ガニ、ふくいサーモン生ねぎ、山内かぶらホワイトソース、三ッ星若狭牛ステーキ、いちぼ、リンゴ、いちほまれのおむすび、三年子らっきょ、黒糖寒天、上江ファーム青大豆あん、越前平種無し渋柿で宴が終った（信じられぬかもしれぬが、これだけ料理の名称を書いたのは作家になって初めてである）。

隣りに福井の副知事が座って何かを盛んに話していたが、酒を飲んでばかりいたので、帰る頃には皆忘れてしまった（失礼）。

帰りの車で娘に訊いた。

「どうだった？」

「美味しかったよ」

——美味けりゃいいか……。

福井と言い、上山と言い、美味けりゃいいというものではないのだが。

なぜ君はそこにいる？

夜明け方、そろそろ休むか、と読んでいた本を閉じ、枕元の電灯を消そうとすると、何かの気配がして、淡い闇の方に目をやった。

――気のせいか……。

と電灯のスイッチに手を伸ばした時、畳の縁にそって一匹のクモがあらわれた。若いような、成人のような感じのクモである。クモの寿命、年齢は知らないが、見ていると、伸ばした私の手にむかって歩み、爪先に触れそうなところで歩みをとめた。得体の知れぬもの（私の指）に遭遇し、考え込んでいるふうに見えた。筆《ペン》ダコに警戒したのか、クモは迂回し、閉じた本のむこうに姿を消し、姿をあらわしたかと思うと、灰皿の陰にまた消え、それっきり闇の中に長い手足とともに消えた。

子供の頃、生家にクモがあらわれると、姉、妹、若いお手伝いまでが声を上げて騒ぎ出し、果ては帚《ほうき》や叩《はた》きを手に追っ払っていた。

クモにすれば大迷惑と言うか、クモの方がビックリしていたのだろう。

私はクモが好きか？　子供の頃は婦《おんな》たちと同様に苦手だった気がする。形状が不気味だったのだろう。今は顔のそばを通過しても、さして気にならない。

東京の常宿のホテルの部屋にも、時折、あらわれる。こちらはちいさなクモだ。せいぜい一、二センチの大きさだ。この大きさが若いせい（子供でもいいが）なのかよくわからない。都会のクモゆえか、せわしなく動く。原稿書きに追われている時はそのままにしておく。すると書いている原稿用紙の上を這い回ることがある。

——大胆な奴だ。

通過するのを待って、また仕事をする。やがて仕事が一段落し、タバコなんかを吸っていると、またどこからかあらわれる。

その風情が、

——もう終ったかい？　仕事は。

と言っているふうに見える。

それが我が家の東北一のバカ犬に似ていて面白い。

仙台で仕事をしていて、夕刻になると、台所で家人とお手伝いさんが食事の準備をしている気配がする。

テレビドラマのように「御飯ですよ〜」と声がかかったりはしない。その日一日の予定は先に家人に告げてあるから、飯《めし》は七時で頼みます、となっている。それでも飯の支度が調《ととの》うと、ツカツカと足音がしてバカ犬が仕事場にあらわれる。

「どうした？　何か用かね」

犬はじっと私を見ている。その表情を見ていると、御飯ができたぞ、食べないのか？　という顔をしている。私は食事は一人で摂るから、犬はすぐそばに座り、相伴《しょうばん》にあずかるのを待っている。仔犬の頃は、躾に協力せよと人間の食事を分け与えるのを家人から禁じられていた。成犬を過ぎ、あきらかに老犬になってからは、私が、もう何年も生きることはできんのだ、好きにさせてやれ、と口にしてからは、相伴を楽しみにしはじめた。

それが夕刻、飯の支度ができたぞ、とご丁寧に報告に来ることになった。

「そうか飯の支度ができたのか。しかし今はダメだ。仕事が終っていない」

と口にすると言葉がわかっているのか、すごすごと離れて行く。そのうしろ姿を見て苦笑する。

東京では再びあらわれたクモを一時間近く観察することもある（暇だね。本当は暇なんかないのだが）。名前を付けてやる事もある。

万次郎、時次郎と決っている。

芥川龍之介の『蜘蛛の糸』はよく出来た短篇である。別に地獄から這い出したいからクモと懇《ねんご》ろにしているのではない。

初秋の仙台では枕元にコオロギが出ることもある。こちらは落着きがない。親の躾が悪いせいかもしれない。

私はいつの頃からか「殺生《せっしょう》をするな」と言うようになった。そのせいか、あんなに虫が苦手だった家人が、虫があらわれても騒がなくなり、今はそっと外へ出してやるようになった。しかしゴキブリはイケナイらしい。

あらわれると二人の女性が大声を上げる。

その声を聞くと、可哀相に……と思う。

銀座で通うT政のカウンターで一杯やっていると、時折、焼き場の背後の壁にゴキブリがあらわれる。すると三代目が（オヤジは二代目）チラッと姿を見て、パチンとゴキブリを潰す。

——お見事！

宮本武蔵のように思う時もあるが、総じてはヒトラーのような奴だ、と思う。

〝虫も殺さぬ顔をして〟という表現があるが、日本語の中ではかなり愉快な言い回しである。

笑って別れた

「いくら年越しで、金《かね》を手元に置いておきたいという気持ちはわからんでもないが、何も飲み込むことはなかったろうに……」

「まったくだ。面目ない」

十二月も下旬になって、銀座のバーで友人からそう言われた。

私はうなずき、右手で腹に触れた。

クリスマスも真近、ちょっとした手違いで差し歯の金《きん》の部品を飲み込んでしまった。

――あれっ？　今、何か喉元を通過したぞ。

「アッ！　センレイ、ヒョット、手ヲ止メテクラハイ……」（口を開けて話したので）

「えっ、何ですか？」

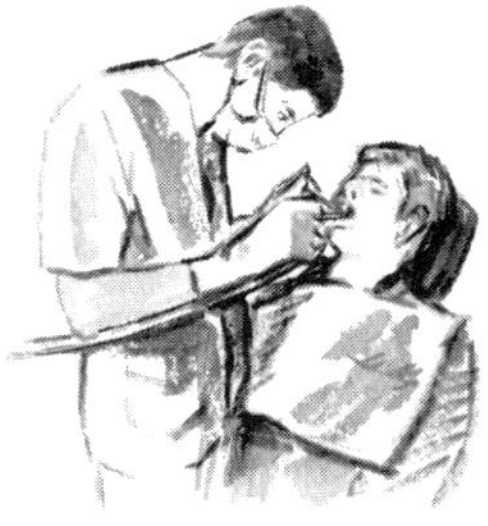

「今、喉の奥に部品のようなものが通って行った気がします」

「それはないでしょう。セメントか何かですよ。あっ、一本足りないぞ。伊集院さん、口を開けて、舌を上にして、左に、次は右へ……。ないぞ。そんなはずは……」

——だから何かが喉を通過しましたって。

三十分後、私と先生は中央線に並んで座っていた。先生は元気がなかった。

「いや申し訳ない」

「それは違います。飲み込んだのは私の身体の卑しさのせいです。子供の頃、何でも食べてしまうので母からよく叱られたんです」

さらに三十分後、私と先生は吉祥寺にある救急病院の外科の一室でレントゲン写真の現像が上がるのを待っていた。写真が届いた。

「肺は大丈夫です。ひと安心だ。ど〜れ胃の方はどうかな……、あった！　これですね」

背骨と骨盤の影しか写っていない写真の中に五ミリ位の四角の物体が見事にあらわれていた。

「あった、あった。良かった。一安心だ」

外科医も、私も、先生も笑ったが、内心、

――ひと安心ってどういうことだ？

と思わなくもなかったが、二人の医師は私より歳下だし、入ったものは仕方あるまいと、

「気管の方でなくて良かったですね。子供の頃、これより大きな石を飲み込んだこともありますから大丈夫、ハッハハハ」

と笑ったものの、何やら腹がおかしい。

外科医はもう一度まじまじと写真に目をやり、振りむきもせず言った。

「これっ何グラムあるんですか？」

「5グラムです」と私の背後で先生が言った。

「5グラムでいくらくらいのもんですか？」

「二万円ちょっとですかね」

「ほうそんなにしますか。高騰してますすね」

――コラコラ誰が病院で金相場の話をしとる。

外科医はうなずき私の顔を窺《うかが》った。その表情に、二万円ならどうします？　という雰囲気が感じられた。私は咄嗟に明日からの一週間和式便器で箸を手にしている自分を想像し、

「結構です。今、本が売れてますんで、それに年も越せそうなんで」

快速電車に乗る私は先生と笑って別れた。

私は先生が好きである。先生と出逢ってからの八年、私は歯のことで煩《わずら》わしい気持ちにいっさいならずにすんでいる。これはこの六十年間で初めてのことだった。

何しろそれまでは鮨屋に行っても歯の調子が悪い時は、オヤジさん、このトロ少し固くないか、と平気で言っていたほどだ。今はミノだってアワビだって音を立てて食べる。インプラントも上出来である。

一度、これは抜歯ですね、と言われた時、

「先生、抜歯は麻酔なしでお願いします」

と言った。中学生の時、父の前で歯が痛いと情無い顔をしてると、男が人前で情無い顔をするんじゃない、すぐ歯医者に行って抜いて来い、と怒鳴られた。歯医者に行くと、君、お父さんから連絡があって麻酔なしで抜いて下さいと、どうするね？ オヤジがそういうのならかまいません。そう痛くはなかった。それから三十年で数本抜いたが、麻酔なしだった。

ところが今の先生は、麻酔をさせて下さいと懇願して下さった。

――イイ先生だナ――。

回文というものがある。上から読んでも下から読んでも同じ発音になる文のことだ。

単語ならトマト、シンブンシがそうだ。単語を組合せてもイイ。ミルクとトマトとクルミ。下から読んでも同じだが、この材料でどういうスイーツを作るかは知らない。

長いのだと、ヘアリキッド尻《ケツ》に付けドッキリアへというのもあるが、あんなものをあんな所に無理に付ける必要はなかろう。

なぜいきなり回文を紹介したか？

先生は若くてイケ面である。昔の言い方だと男前、またはいかした先生なのである。イカした歯科医。下から読んで欲しい。

先生一年ありがとうございました。

追伸、金太郎はまだあらわれません。

あなたならできる

選挙というのは、実に微妙なものである。

今回のアメリカ合衆国の中間選挙のことだ。

トランプの惨敗もあり得るとマスコミは報道していた。しかしそれはどうかな、と私は思っていた。なぜならトランプとヒラリー・クリントンの大統領選挙の折、日本のマスコミはこぞってヒラリーの圧勝とした。その流れに乗じてトランプ批判を野次馬のごとく報道し、笑っていた。わずかにトランプ勝利もあり得ると口にし、それが的中すると、我こそはとばかりに自慢をした男の姿を見て、これが日本のジャーナリストかと呆きれた。

なぜ、あの時、日本の大半のマスコミはトランプ勝利を予測せずとも、接戦になるかもしれないという考えが出なかったのか。

それはテレビで言うと、ニュース、報道番組がプロデューサー、もしくは局のトップがまず、この路線で行くと決めたのちに報道の方向性を定めるからである。しかしこれは日本だけのやり方ではない。アメリカではずいぶん前からそうしている。一人のニュースキャスターが彼の政治信念、イデオロギーで方向性を決めるのにリスクが生じて来たからである。ニュースキャスター全盛の時代（なにしろキャスターのギャラが百億円であった）は四十二代大統領のクリントンあたりで終焉《しゅうえん》を迎えた。

なぜそうなったか？　アメリカの民主主義が資本主義経済に押し流されたからだ。

――イデオロギーより経済、景気だ！

とアメリカ人は公然と口にしはじめた。

なぜか？　富の集中がアメリカの歴史の中で驚くほど加速し、すでにアメリカ人の八十五パーセントの人たちの全収入と十五パーセントの人たちの収入が並んだからである（今はもうメチャクチャで九十七対三である）。

これで暴動が起こらないのが不思議だ。

実に十人の中の九人が、今の自分たちの収入と将来に不安と怒りを抱いている。その怒りが不安を押しのけた。それがトランプ政権の原動力であり、支持の一票となった。

自分たちの生活がこんなに苦しいのに、ＥＵにしても、韓国、日本にしても、どうして俺たちが守ってやらねばならんのだ。その日本の商品がアメリカの店頭に並んで、私たちの工場のこしらえたものを圧迫しとるんだ！

至極当然の考えである。第二次大戦後、アメリカは全世界の秩序と平和、繁栄を背負うと自負し、実際、責任を果して来たのである。ところが責任者の母体がおかしくなった。原因は主要産業が金融中心経済に移行し、金というものが持つ独特の魔力と不透明性で富の分配が極端な流れをこしらえた。こうなると恐慌（バブル崩壊でもいいが）以外にとめようがないのが金融の連中のやることなのである。すでにその兆候は、日本の銀行を見ればわかる。容赦ないリストラと自分たちだけが生き残るのに躍起である。嘘だと思う人がいるなら誰でもいいから銀行関係者に将来の展望を言わせてみればいい。明確で、明るい明日の姿を言える者は一人もいない。

国の傾城は金庫に一番近い場所に居る者が一番知っている。この二十五年、銀行は甘いことをしてしまったのである。

さて今回のアメリカの中間選挙で、つくづく選挙は微妙だと書いた話を詳しく。

興味ある動画が流れた。投票所に並ぶ多勢のアメリカ人の姿と、投票時間を延長せねばならないという報道画面だ。これまでのアメリカの歴史で、これほど投票者が集まったのは初めてだという。

——なんだ。アメリカ人も政治に無関心な者がどんどん広がり、定着していたのか。

——そうだろうな。オバマ政権も上、下院の数で何ひとつ決定できなかったものな。うんざりするはずだ。

ところが今回は違った。投票率が上がった原因はこれから正確に分析されるだろうが、若い有権者が投票へ出かけた（安易に考えると民主党支持者だろうか）。これが下院の議席数につながった。

アメリカでも、日本でも、今の選挙制度の良し悪しは難しい問題だが、ひとつ信じる点があるとすれば、若い有権者がこぞって投票にむかえば、強靭に見える政権も一夜のうちに崩壊させることができるということだ。

別にそうしなさいと言ってるのではない。あなたはそれができる一票を持っていることを理解しておくべきだ。

これから二年、トランプが押し進める政策は大統領令と下院との攻防になる。それでも景気が良ければ何とか続く。十人の一人が支持している間は……。

普段は書かぬ政治のことを書いた。経済のことも同じで、書いていて論にほころびが生じているのがわかる。なぜか。実体がこれほど厄介なのが、現代社会の現状だからだ。若い人たちが政治に目をむければ間違いなく国家のかたちは変わる。それがせめてもの光である。

消えない傷あと

夜半一時、三時、四時半に目覚めて、汗に濡れた肌着を着替え、夜が明けると防寒具を着込んで常宿を出た。

パーカーのフードを頭からすっぽり被り、マフラーを巻き、マスクをして坂道を歩く。闇の残る神保町界隈をこんな恰好で歩いていると、すっかり盗人のようである。

先週の初めから微熱があったが、数日前から高熱に変わり、鼻水、咳が出はじめた。ひどい風邪を引いてしまった。

原因がわからぬが、何とかしないと仕事にならない。

昨夜は、今日のゴルフを欠場せねばならぬということで、大学の野球部の同期が集まる池袋の居酒屋に詫びを兼ねて出かけた。

年に一度、野球部の同期でゴルフをしようということになり、岐阜や大阪から集まって来る。皆好々爺になっている。

私は二年生で退部しているので、彼等の中に入る資格はないのだが、なぜか皆がやさしく迎えてくれる。

風邪が悪くなってはいけないのでチビリチビリやりながら彼等の話す昔話を聞く。

「I先輩とN先輩は本当にいい人だったナ」

「そうだナ。今でも神宮球場で逢うよ」

「一年生の時の四年生のS、あいつだけは今でも許せない」

「俺も同感だ。逢えばぶっ飛ばしてやる」

酒が少し入っているせいか、物騒な話も出る。四十年近く前の大学の野球部では上級生が下級生を指導すると称して、殴るのは日常のことだった。私の右の太腿にはグラウンドで正座させられ、ユニホームの上からスパイクで踏まれ、血が出たが、そのままやられ続けた傷が残っている。

相手は、これでもかと殴る蹴るのだが、こちらは内心、好きにしろ、痛くも痒くもねぇや、おまえたちガキに舐められてたまるか、という心境だった。当然表情に出るからそれに相手は逆上して、なかば狂ったように手を足を出す。私は痛みはいくらでも我慢する。すると言うより、そうなった。少年の頃は体軀《たいく》がちいさく（今は180センチ、85キロ）いつも上級生からシゴかれていた。私は弟や妹に何かをされたり、家のことをとやかく言われると、すぐに頭に血が昇り、誰かれなしに突進して行った。母は私のその性格を心配して、癇癪を治すお灸をさせられたりしたが、いっこうに逆上癖はなおらず、いつもやられっ放しで傷だらけだった。そんなことが痛みに慣れさせたのだろう。

どうしてあの頃、大学の体育会ではあんなに人を殴ったのだろうか？　どこかに軍隊の名残りがあったのだろうか。

作家の城山三郎さんは幼年兵で入隊した夜、意味もなく殴られた恥辱を生涯忘れないと決め、あらゆる機会に日本を軍隊を持つ国家へさせないと決められたそうだ。

居酒屋で昔話をする同期も、四十年前、後輩の一年生が入部した折、最初は彼等を殴ったが、皆で話し合って、自分たちの年でシゴキはやめようと決めた。皆良い学生だった。

今はシゴキはなくなっていると聞いた。あんなことをして気合いを入れさせるという発想がおかしい。日本人が持ついくつかある最悪な性癖のひとつである。

相撲界ではそんな風習が残っているというのだから、理事長以下、親方連中も考えないと、国技とはいえ問題になり、廃止になる可能性もあろう（そう考えられないから今の上層部は無知なのである）。

貴乃花親方が引退し、弟子たちが引き取られた。子供のまま部屋に入った弟子たちからすると、親に見捨てられたようなものである。

貴乃花を名横綱と言う人がいるが、そんなことをする人間のどこが名なのかさっぱりわからない。

居酒屋の話題が、野球部の大先輩の長嶋茂雄氏のことになり、幹事のYが長嶋さんと二人並んで大学の校歌を二番まで、一ヵ所も間違いなく大声で歌われたことに皆が感心した。並外れた記憶力だ。秋になり、リハビリもはじめられ、食欲も旺盛と聞いた。またお逢いして面白い話を聞きたいものだ。

第四章
それでも生きなさい

それでも生きなさい

人は、人生の中で、いかなる人と出逢ったか、ということに尽きるところがある。

その第一は家族、つまり両親であり（人によっては片親であったり、両親を見ないで育つ人もいよう）、子供のうちなら、その人を見守り、育ててくれた人たちである。

他の週刊誌で、冗談が半分の悩み相談を引き受けているのだが、去年、そこで若い父親からの相談で、どうも子供の顔付きや、風貌《ふうぼう》が自分とはあまりに違うので、ＤＮＡ鑑定をしたところ、自分の子供ではないことが判明した。

自分はどうしたらいいのか？　子供にそのことをいずれ伝えなくてはならないと思うが、その時期の云々ということだった。

私の答えは、こうだった。

〝冗談を言いなさんナ。そんなことが子供に何の責任がある。それを知るまできちんと育てて来た気持ちが、たかがそのくらいのことで変わるんなら、親というものが何なのかをまったくわかっちゃいないじゃないか。たかが血が違うくらいで、親と子がおかしくなる道理があるはずはない。

赤児を最初見た時の、あなたの喜び、誰かに感謝したいという正直な気持ちは何だったのか？

大人の男として恥かしいと思わないのか。

第一、そんな鑑定をしようとする気持ちが卑しい。

赤児は目を開いて、最初に見た人を、その人が、よく生まれて来たネ、という目で見てくれている表情ですべてを理解するものだと私は信じているし、それは何千年も変わることのない親子の絆だ〟と答えた。

冗談半分のコーナーだが、その人からお礼のメールが来て、その文面を読んだ時、

――ああ、この人は立派な大人の男なんだ、これが日本人というものだ。

と嬉しくなった。

かつて私は、これと同じ状況を想定し、ひとつの短篇を書いた（〝時計の傷〟）。

私たちはテレビや新聞、雑誌が普及したことで、これが当たり前のことだとか、これが正義というものだ、と他人から、誰かから教えられた情報を、どこかで正しいと信じてしまう風潮の中で生きている。

しかし、生きる実践（生きているという真剣な現場）で、そんなことは十にひとつもありはしない。

人というものは、人の生というものは十人の暮らしには、十のそれぞれ違うかたち、事情があるのが当たり前のことなのである。

いつも言うように〝しあわせのカタチは多少の差はあれ、ほとんどが同じような表情をしているが、不幸、哀しみのカタチは驚くほど、その状況が違っていて、哀しみの淵にいる人々は、戸惑い、途方に暮れ、どうしたらよいのかとうろたえるのである〟。

その上、しあわせの領域にいる人より、不しあわせの状況にいる人の方が圧倒的に多いのが世間というものなのである。

それでも私たちは生きて行くのだ。生きて行くことを否定したり、拒絶することは、自分を生んでくれた人、運命に対して、不遜以外の何ものでもない。

——それでも生きなさい。

それが私の考えである。

なぜなら、死ねば、楽になるという発想を皆が皆持つなら、人類はとっくに滅亡しているだろうし、楽しい時間にめぐり逢うこともない。

——死んでしまいたい。

と一度たりとも考えなかった人は、そんなにいないと私は思う。

生きている限り、人はそういうことを一度は考える生きものだと私は思っている。

私も同じようなことは何度か考えた。

しかし私がそうしなかったのは、ひとつにはたった一人の弟を海難事故で亡くし、その通夜の場で、両親の背中を見たからである。

今年も多くの新成人が誕生した。

縁あって、彼等、彼女等に祝福の文章を新聞で書いているが、その折、ほとんど二十歳までは生きられないだろうと宣告されたり、周囲の人々が思っていた新成人が同じ日を迎えたのだろうと想像をする。

それは事実として存在し、それが世間というものなのである。

大人になる日のために、生きることで大切なのは想像力、創造力である。

世の中にはあなたたちよりもっと大変なのに懸命に生きている人がいることを忘れないで欲しい。新成人おめでとう。

覚えておいて下さい

足先が冷たくて目覚めた。

仙台は東京より二、三度寒いが、今朝はそれよりまだ気温が低いようだった。しばらくすると初冠雪を見るのだろう。

時計を見ると五時前である。三時に休んだので二時間しか眠っていない。寒さで起きたのかと暗い天井を見ていると、部屋の隅から大きなイビキが聞こえた。バカ犬だ。

――この雑音が起こしたのか。

枕元の灯りを点け、起き上がって、ノボの様子をうかがう。まるでビーバーのようである。固くて短い毛はカワウソにも似ている。それにしてもたいした雑音だ。騒音に近い。元々少し鼻の通りが悪かったのだが、老いて脚をくじき、それが運動不足になり、喉元や腹に余計な肉が付いた。

私はしばらくバカ犬の寝姿を眺めた。

これほど顔が変わった犬も珍しい。長い旅から帰宅し、初めて仔犬の顔を見た時、あまりに面構えが凶暴そうで、可愛いさなどどこにも感じられなかった。すでに家にはアイスという家人が溺愛する年上の犬と、親友のラルクという犬がいた。

「覚えて下さいよ。犬は順列が大切なんです。アイスとラルクより先に食べ物を絶対にやらないで下さい。頭を撫でるのも順番を間違えないで下さいね。そうしないと喧嘩をはじめてどうしようもなくなりますからね」

ラルクはやさしい犬なので、新入りにもシッポを振っていた。ところが我家で家人――アイス――作家の順列で、私より自分が偉いと思っているアイスは新入りをなかなか受け入れなかった。

ドッグフードも最後にノボの前に置かれる。ところが新入りは驚くスピードでフードを食べた。先に食べはじめた兄貴たちの皿に半分近くが残っているのに完食。それどころかもっと欲しいという顔をする。一度見ていたらお兄チャンたちの皿に突進した。さすがに二匹が牙を剝いた。新入りはそれでも突進した。

それで別の場所で食べさせられた。何しろ犬屋で二ヵ月買い手がいなかった犬である。嘘か真か知らぬが、犬屋は仔犬を可愛いく見せたいのでフードは少な目にするらしい。真なら食べるのに必死の幼児期だったのだろう。

一度床に落ちていた一粒のフードを指でつまんで新入りの口元にむけると飛び上がってくわえようとした。痛い！　と思ったらフードはなく、ひとさし指の腹から血が噴き出した。

——ほう、こりゃ凄い。オオカミ系だナ。

二匹の兄貴はいかにも愛玩犬だが、新入りは野性が残っていた。そこが気に入った。

六ヵ月目でパルボウィルスに罹《かか》り、仔犬の身体の半分の量の出血をし、医者もダメかもしれないと言った。人間に使うワクチンを射ってくれと頼んだ。七日目に薄目を開き、水とミルクを飲もうとした。その間の顚末は旅へ出ていたので後日聞かされた。三ヵ月の旅から戻り、ノボを見ると、あれっ？　顔が変わったナ、と思った。今から考えると家人が寝ずの看病をしたと想像できる。表情にやさしさが出た。愛情を心身が受け入れたのだろう。

運動神経がともかく異様に良く、近所の子供がサッカーに興じていると、突進して、たちまちボールを占領する。飛ぶように庭に出て矢のように戻って来る。兄貴たちはそれを見て呆然としていた。

三匹での散歩の折も大型犬が近寄って来るとノボは一匹で唸り声を上げ牙を剝いた。

私は三匹を眺めるだけでフードもやらねば散歩もつき合わなかった。家の中で犬は飼わぬが持論だった。

六、七歳になった頃だった。帰宅するとノボが私にむかって狂ったように吠え、シッポを振り、どこへ行ってたんだ、このバカ作家と突進して来た。

「どうしたんだ？　急にこの変わりようは？」

「わかりません。この間からあなたの靴下を引っ張り出したり、仕事場で休んでます」

そこから私とノボのつき合いがはじまった。

徹夜の原稿書きも、独酌の膳も、ヤンキース観戦も、そばでじっとしている。一人と一匹なので、自然語り合うようになる。

「このニュースキャスターをよく見てみなさい。これが人間の中で最悪最低のアホ面《づら》だ」

「天津甘栗みたいな髪型の男は皆アホだぞ」

「少し酔ったナ。ギンギラギンでも歌うか」

「推理小説なんぞ書くんじゃなかったナ」

「好きな仔《こ》いないの？　とりもってやるぜ」

たちどころに彼の歳月は私より六倍のスピードで流れ、今は庭の低い階段をヨッコラショと登る。見ていて切ないが、犬の生命とはそういうものだと数年前に覚悟した。

アイスが亡くなり、しばらく元気がなかった。ラルクは車椅子になっているが、二匹は仲が良い。ラルクはそんな身体でもノボにやさしい。人間よりよほど情が厚い。

今、イビキを止めるために鼻を思いっきりねじってやった。目を開け、私をじっと見た。

「今、何かボクにしただろう」

「さあ、どうだろうナ」

私はこのバカ犬のお蔭で十分救われている。

そうしない理由があるから

私は何かものを買うことがほとんどない。

だからデパートにも、ショッピングモールにも行かない。

その理由は欲しいものがないからだ。

物欲がまったくない。

だから車好きの友人が、なかなか手に入らない外国の車を手に入れ、ゴルフの迎えなんかに来ても、前の車と違うのかナ、と思うくらいで、賞讃してあげられない。

昨夏、軽井沢にゴルフをしに行った時、途中ビル・ゲイツが土地を購入し、今、建設中という場所を偶然通りかかり、運転する友人が羨ましそうに、

「ここらの一帯がすべてビル・ゲイツの土地だぜ。さぞ立派な家が建つんだろうな」

と言ったが、内心は、

――それがどうした？

と思い、元々棲んでいた動物にはさぞ迷惑な話だろうナ、とタヌキやイノシシの親子の姿が浮かび、

――バカなことするもんだ。

と口の奥から苦いものが出た。

着るものは何年かに一度、上京した家人に連れられ、そこで彼女が見つくろっていたものを試着させられ、それを着る。

二十数年間、それをくり返していると洋服の量が予期せぬ多さになった。

「そろそろ洋服を見に行きましょうか」

「いや、もう死ぬまでの量があります。かんべんして下さい」

色も、黒か紺色なので、常宿の部屋の隅に積み重ねてあるのを見ると、炭の山のようだと思う時がある。

住む家に関心がある大人の男が多いのは知っている。建築雑誌などを見ていて、なかなか洒落た家だとは思うが、こんな家に住みたいと思ったことは一度もない。

私は他人の家へ上がることをしない。

招待された場所が、誰かの家なら断わる。

壁に掛けてある一枚の絵でも、さりげなく置いてある器でも、人形でも見てしまうのが怖い。

貴金属の類いもそうである。

やたら〝光りもの〟（貴金属類をそう呼ぶ）を身に付けて、それが思わぬ高価なものであったりすると、

――バカじゃないのか、この女。

と思う。

食事も、これが一番美味しい、というものをわざわざ食べに行く人がいるが、やはり、

――そんなことに時間と金をかけて何をやってんだ、この連中は……。

と思う。

時計も四十年近く、したことがない。しない理由はあるが、長くなるので、ここでは書かない。

時折、銀座の遊び場でネエさん方が、

「今のお客さんの時計見ました？　××××で三千万円するのよ」

と耳に聞こえることがある。

――よほどの成金か、バカなのだろう。

と思う。

何かのお礼で、ものが届くことがあるが、高価とわかれば返却する。

――舐められたものだ。

と少々腹が立つ。

では欲しいものが何もないのか？

十五年くらい前から、自分に合ったゴルフのアイアンセットが欲しいと思っているが、ずっと買えないでいる。二度ほど自分で出かけたのだが、種類が多いのと、店員がいろいろ言って来ると、

――そんなにイイならおまえさんが使えばいいだろう。

と不機嫌になる。

仙台の家での夜、部屋でアイアンを握りながら、「やはり新しいのを買おう」などと口にしてると「あなた何年同じこと言ってるの。一晩、銀座の遊びを休めば二、三セット買える

でしょうに！」

断わっておくが、私はケチではない。むしろその逆で、だから手元に金がない。

銀座の一晩とアイアンセットを比べることはないが、どちらを取る？　と訊かれたら、断然、銀座を選ぶ。バカなのである。

先週、誕生日だったので、上野のアメ横まで一人でアイアンを買いに行ったのだが、やはり買えなかった。なぜなのだろうか？

数日前に、最近知り合った銀座の友人から高価な時計をいきなりプレゼントされた。

「やっぱり似合いますよ。良かった」

そう言われて、まぶしく光る時計を見ていたのだが、今は仕事部屋の隅で紙袋の中にある。どうやって返却しようか、いささか困っている。

その上、当夜、かなり酔っていて、イイ質草ができた、と口走ったらしい。本当に私はバカである。

こころはどこにあるんだろう

私は今、この原稿をボールペンで書いている。〝ジェットストリーム〟という三菱鉛筆が製造しているものだ。

長くさまざまなペン、鉛筆を使用して来たが、今はこれが一番、指、腕に負担がかからない。時折、万年筆を使う場合もある。それは、短い文章、詩、作詞の場合で、相手がこちらの文字を見たいと所望する時だ。

先日、作った社会人野球のテーマ曲の作詞がそうだった。

「伊集院さん、高校野球の歌、プロ野球の歌はあるんですが、社会人野球のしっかりした歌がないんです。作ってくれませんか」

と普段、お世話になっているM新聞のA氏から言われた。M新聞には私が子供の時、読書感想文と書道でちいさな賞を頂いた。それがきっかけで劣等生が勉強をするようになった。せめてもの恩返しにと、ひと夏かけて踏ん張ってみた。あとは良い曲と出逢えれば。

私は毎月、四百枚から六百枚（四百字詰）の原稿を書いている。その大半が紹介したボールペンである。

或る時、生家で仕事をしていると、母が茶を運んでくれて、ちらりと原稿を見て「字は丁寧に書きませんとね」と言ってから、かたわらの予備のボールペンを手にして、「書き易いんでしょうね」とうなずいていた。

「書き易いですね。少し根を詰めて書くと、このペンのインクが二晩でなくなります」

「二晩！　本当に？」

「はい」

すると母は台所の方に行き、帰って来ると手に、メモ用紙に紐《ひも》で付けたボールペンを持って言った。「これはもう三年も使ってますよ。二晩ってことがあるんですね」

それ以降、母は私が生家で仕事をしている時に、声を掛けたり、部屋に近づかないよう姉、妹に命じたという。何の誤解か、その習慣は今も続いている。

妙な話だが、誰かの文章、資料の印刷文字を原稿用紙に手書きで写すのと、頭の中に浮かんだ文章をそのまま書くのでは、頭の中の文章の方が倍の速度で文字になる。おそらく頭に浮かんだ瞬間から、それが原稿用紙の上にあらわれ、あとはなぞるというか、指が、手先が、文字のかたちと並びを瞬時に伝えているのだろう。

パソコン、タイプライターも修得すれば速いのだろうが、それをマスターする時間がなかった。それに今頭に浮かんだ文章が印刷文字と同じようにあらわれると、何やらまともに映って、文章が上達しないのでは、と思う。

私は、書道も、鉛筆の字もすべて母から教わった。母は劣等生の私に辛抱強く教えてくれた。母の字の教えは少し変わっていた。たとえば何かで見つけた書を切り取っておき、

「これは書いた人のこころが伝わるわね」

と言って、彼女は手を胸に置いた。

——どこにこころがあるんじゃろか？

「丁寧にね……」口癖のように言った。

誠実と、丁寧。これが教わったすべてだ。

しかし今の私の字には、丁寧などありはしない。忙しいせいもあるが、時折、自分の原稿の字を見て、ダメだな、こんなじゃ、と思うことがある。

以前も書いたが、昔、母が面白いことを言った。それは私が同級生の女の子から何の間違いか、手紙をもらった時のこと。何なの？　と珍しく覗いた母に、綺麗な字だね、と言うと、あんまり字の綺麗な女の人には気をつけないと、と言った。それを姉の一人に話すと、それはね、ラブレターを書き慣れてるからじゃないの、とあっさり言われ、そうか、自分は何十人目かの手紙を受け取ったのか、と思った。

ところが先日、字の美しい女性編集長から言われた。

「それは伊集院さんの思い違いです。あなたのお母さまは、手紙の相手に嫉妬したのです。世間にはよくあることです」

——そうか……。

言われてみれば、彼女の方が的を射ている。

涙した君を見て

北の地で暮らすようになって二十数年が過ぎた。

瀬戸内海沿いの港町で生まれ育った私には少し驚くことがいくつかあった。

そのひとつが、桜の花が咲きはじめようかという時期に、ドカンと雪が降る春があることである。

先週の東日本の雪がそうである。

最初にその雪を見た時、私は正直、驚いた。

――異常気象か？

と思ってしまった。

それほど、雪が降る数日前までポカポカ陽気で、すっかり春になったと思っていたからである。実は春の雪は日常と言うか、北の地では当たり前だと言うことを、老婆の一人から聞いた。

「ドーンと春の最後の雪が降れば、ようやく春が来るんだべ。いい雪なんだ」

老婆は笑って言った。

平然とそう語る老婆の表情に、私は北の地の何たるかを学んだ。

明日私は仙台へ帰るから、庭先にまだ残雪があるのだろう。

東北一のバカ犬と残雪を見ながら、

「どうしてたよ？　調子はどうだ？　私か？　忙しくてしようがない。時代小説は大変だ」

などと近況を話してやりながら、バカ犬の顔を見て、相変らずバカ面してるナ、などとつかの間の休息を取るのだろう。

私は、バカ犬は去年が限界だと予測していた。実際、体力も落ち、四六時中眠っている姿を眺めていると、年齢から言っても仕方のないことだと思っていた。

それがまだ元気なのは、年老いてから用心深くなったことと（若い時は大型犬にでも平気で牙を剝いて突進した）家人が丁寧に彼の様子を見てくれているからである。家人の愛しい犬が亡くなって、弟のバカ犬だけが家に居るようになった時、私は少し心配した。

どうバカ犬に接してくれるのだろうか?

ところが彼女は能天気な犬を、それまで以上に思いやってくれた。バカ犬の寝姿を見ながら、亡くなった兄チャンを思い出し涙したのだろうが、女性の、母性の持つ子供へのいつくしみはたいしたものだと感心した。

君が笑ったから

昨夕、仙台は夕刻から雪になった。

雪片が大きくやわらかい。数時間も降り続ければ積もりそうな雪だった。

「天気予報では雪と言ってなかったのに」

家人が不服そうに言った。

――君ね、それってテレビの気象予報士が言ってたんでしょう。あんなバカな連中の話をまともに聞く方がおかしいんだよ。

と言いたいが、テレビのニュースを私のかわりに見てくれているから黙っておく。

この二十年、天気予報が変わった。ヒドイものである。タレントばりに面白可笑しく天候を話している。天気予報は報道番組の大切なパートである。山や海に仕事で出なくてはならない人たちにとっては死活の情報だ。それをワイドショーの中では、これまた司会のタレントと掛け合い万歳のごとくやる。仕事に追われる日々でやっと外出できる日の予報が雨だと、笑いながら言われると、腹が立って来る。何がゲリラ豪雨だ。訳のわからん日本語を使いやがって。おまえたち二人を、そのゲリラ豪雨の真ん中に、木に縛り付けて置いてやりたいよ。以前はまともな人もいた。おそらく亡くなったのだろう。今もモリタ某ともう一人（名前を知らない。失礼）いるが、あとは二束三文、嵐の海にでも放り出してやりたい。気象予報士という資格を作ったのが間違いなのである。あれは職業ではない。

仕事柄、テレビを見る機会がほとんどない。ちゃんと働いている大人の男なら、それは当たり前のことである。世の中で何が起きているかわからない一週間もある。

大切なニュースは家人が話してくれるが、

「何ですか、その千葉の少女の殺人とは？」

と尋ね、学校へ父親からの暴力を訴えた少女の文章をあろうことか教育委員が父親に見せたとわかり、驚いたりする。詳細は新聞を読むが、「テレビの報道がはじまりますよ」と仕事場に声が届き、筆を置いてそれを見る。

「この委員の態度変じゃありませんか？」

たしかに幼い子供を死亡にいたらせた謝罪の会見としては間違っているように映る。家人は涙をためて、許せないこの人たち！　と声を荒げている。正義感の強い人である。

「あなた、この人たちに天罰を与えて下さい」

「わかった。次に上京したらそうしよう」

そうでも応えなければ、夕食が出ない。

年に数度、複雑な国際問題の解説を求められることがある。この二十数年で、ニュースの見方は教えたつもりだが、やはりわかりにくいものがある。昨夕なら、

「トランプと北朝鮮の金が逢って、本当に北朝鮮の核がなくなるんですか？」

東北に暮らす私たちにとって、ミサイルが飛んで来たと携帯電話がいきなり鳴り出し、避難を告げた経験が数度あるから、北朝鮮の核の問題は深刻である。

——さてどう答えるか？

たった二人の家族であるからイイ加減なことも言えまい。

「北朝鮮は核を廃絶しません」

「どうして？　マスコミはそう言ってますよ」

「この問題に関してはマスコミがバカなんでしょう。考えてご覧なさい。核を保有したから

アメリカという大国を話し合いの席に引っ張り出せたんでしょう。あの国はこの七十年夥《おびただ》しい数の国民を犠牲にしてまで軍事強国を目指して来たんですよ。食糧より武器を優先させ何万人も餓死者を出したんです。その上諜報活動のために日本人を拉致して来た。それが核保有という彼等にすれば最強のカードを得たんですから、それを手放すはずはないでしょう」

「そうなんですか。じゃ今の報道はいったい何なんですか？」

「話し合いをしている最中に、これは茶番劇だとマスコミは言えんでしょう。それに」

「それに何ですか？」

「あの二人の政治家のヘアスタイルと顔をよくよくご覧なさい。私には普通に見えません。普通でないことはやはり危ないんです」

家人が笑った。笑っていられるうちはまだ平和なのである。

そういうことだったのだ

昨夜の仙台の空に昇った、名残りの月はまことに美しかった。

先月、東京、銀座のビルの谷間から見上げた四角の夜空に浮かんだ満月はどこか月面が濡れているように映り、月の海はやはりあるのだろうと酔心地で思った。

十一月の月の観賞は満月を少し過ぎた頃の欠けた風情がいいらしい。

なぜそんなことを書いたかと言えば、家人とバカ犬と月を仰いでいたら、頭の隅からポッンと文章が落ちて来たからだ。

〝花はさかりに　月はくまなきをのみ見るものかは〟徒然草の一節である。学生時代に暗記させられたものだが、こうして何かの拍子に頭の隅に零れ落ちて来るのだから、人間の記憶は不思議なものである。最初は意味も解らず丸暗記していたものが、年齢を重ねると、そう

いうことだったのか、と合点がいくことがある。素読という教え方は、やはり意味があるのだろう。

翌日の午後、京都、福知山のO槻さんから枝豆が届いた。丹波篠山の〝黒大豆枝豆〟である。秋の最後の名月を、栗名月、豆名月と呼ぶ。豆とは枝豆のことで、昔から月に枝豆を供えたかららしい。実にタイミングがいいものだ、と思ってから、そうではなくてO槻さんがすべて識っていて届けてくれたことに気付いた。いやはや……。

少年の時、バイオリンを習いに行った長姉を自転車で迎えに行くように母に言われ、洋館の前にあらわれる姉を待っていると、天上に満月が皓々とかがやいていた。ほどなく長姉があらわれ、弟の私を見て笑い「私が漕ぐわ」とスカートを端折《はしょ》りサドルに股がると一気に発進した。後部席に座っていると、先刻の満月が見えた。たちまち月は後方へ消え去ると思っていたら、月は、自転車に乗る姉と私と同様に走っていた。

「月が走っちょるわ。えらい早いのう」

「何ですって、聞こえないわ。風が気持ちイイ。私、競輪選手になろうかしら」

あれも晩秋の満月だったような気がする。

あの頃、〝女競輪《おんなけいりん》〟というのがあって、近所にその選手のオバサンが居た。男のような体躯をしていて、家の前に七輪を出し、その上で甘い醬油をたっぷり塗ったレバーを焼いていた。そこら中にイイ匂いがして、いつも腹を空かしていた悪ガキ共がそこに集って行った。何枚かあったレバーの一枚くらいは、ほらおまえらも喰いナ、くらいは言うだろうと見物していた。女競輪のオバサンはそれを一枚、また一枚と口に入れ、最後の一枚を食べ終ると七輪をかかえて家の中に消えた。悪ガキ共は顔を見合わせ、いっせいに「このドケチババア、落車して死んじまえ」と大声を上げ一目散に逃げた。女競輪はまた復活して、今はガールズケイリンと呼ぶ。私はほとんどこれを見ない。競輪は相撲のように男がするものと思っているからだ。サッカーも同じだ。たぶん私の考えが古いのだろう。

私はよく〝女、子供〟という言い方をする。

先日、初めて逢った女性の文章家に言われた。

「伊集院さん、〝女、子供〟という表現は差別用語になります」

「そうですか……」

私はそれ以上は言わなかった。おそらく彼女が断言するように、この表現はいずれ禁じられるだろう。規制とはそういう類いのものである。世の中というものは、それが間違っていることでも、いったん時流に乗ると止めようがない。何度も言うが、太平洋戦争がはじまったのは一部の軍部だけが押し進めたのではない。日清、日露、朝鮮、台湾の統治で日本人の大半が米国と本気で戦争をしても勝てはせずとも、欧米の経済のしめつけを打開できると信じたのである。

今、北朝鮮の核兵器の保有で揉めているが、では人間はこの先、戦争において核兵器を使うか？　これは必ず使う。近代も、太古も、手に入れた兵器は必ず使っている。使えばどうなるか？　そのくらいの想像は誰でもつく。

これまで日本人は核兵器の開発、製造をしなかった。なぜか？　憲法で禁じられていたからである。

憲法改正は安倍政権の最後の目的であるらしい。よくよくその内容を私たちは監視しておかねば、悲劇がはじまる年号となるだろう。

大切な人を亡くして

週明け、大阪へ一泊の旅へ出た。

新幹線で大阪へむかうのはひさしぶりだ。

何度も書いたことだが、乗り物に乗った時、私はずっと車窓から見える風景を眺めている。

あとで同伴した編集者が必ずこう言う。

「伊集院さん、乗ってからずっと外を見てましたね。二時間ずっと見続けていらっしゃいましたよ。何を、あんなにずっと見てるんですか？」

「いや何となくだよ。ただいくつか見るものはあるんだけどね」

「それって何なのですか？」

「たわいもないもんだよ。たとえば池とか沼みたいなもんも見るよ。あの沼ならきっと大きな鮒《ふな》が釣れるんじゃないか、とか、傾斜地に建ってる家などは、よく崩れないな、とか、野球のグラウンドはよく見るね。それと富士山を見るのも楽しみだな」

今回は東京を発ったのが真昼時だった。

ところが生憎天候が悪く、雲に隠れていた。

初めて富士山を見たのは、高校三年生の夏で寝台列車の廊下のベンチのようなものに腰掛けて見た。寝台列車の窓はかなりの広さで、そこに富士がドーンとひろがっていたのに感動した。

初印象の富士山は、「こんなかたちで、こんなに大きいのか」と正直、驚いた。

その折、頭の隅から母の歌う唱歌のワンフレーズが聞こえた。

♪頭を雲の上に出し、四方の山を見下ろして、雷さまを下にきく、富士は日本一の山♪

母も初めてこの山を見た時の感動を語っていた。

「それはもう立派な山でしたよ」

若い時、母は父に一度東京が見たいと申し出て、父に連れられて、終戦後ほどない、ぎゅうぎゅう詰めの列車に乗って見たと言う。

うとうとしていた母に父が、富士山が見えはじめたぞ、と教えてくれて、母は窓にわずかに空《あ》いたスペースから覗き見た。その時、父と母は通路に立っていた。父は窓辺の人に、済まないが家内に富士を見せてやりたいのだが、と言って、窓のスペースを作ってもらった。なにしろ百キロ近い巨漢の父が、あの野太い声で言えば、窓にはかなりのスペースができただろう。その時、若い新妻はどんな目をして富士を見ていたのだろうか。

上京して、さまざまな場所から富士を見て来た。上田へむかう電車が山梨市内をぐるりと回る時にも、富士はいきなりあらわれる。宇都宮でも、静岡の由比の峠でも、見えなかったが和歌山の那智からほど近い、色川峠からも試みたが、これは冬の一、二月に一日か二日見えるそうだ。山伏たちの記録にある。現代人と違って昔の人の目は相当な視力だったのだろう。

ヨーロッパから帰る飛行機から、夕陽に染まる雲海から鳥海山、アルプス、そして朱色の富士が見えた。何やら宝石のようだった。

大阪へはサイン会で出かけた。梅田の書店だった。

多勢の人が見えて、中には和歌山、広島、名古屋、奈良、京都、神戸と遠くからわざわざ来てもらって、何やら申し訳ない気がした。

今回、一人一人にメッセージを書いてもらっていた。読んで、少し驚いたのが、家族、友人など大切な人を亡くし、長く落ち込んだ人が多かったことだ。何かの具合いで切ない時間を過ごさねばならぬ人たちが、来た人の三分の一くらいいらした（百人ちょっとにサインした）。

そういうことが人生にはあるとわかっているつもりなのだが、やはり多い、と言うより、そういう人が集まったサイン会のような気もした。

その人たちが、私の著書の何かの文章を読んで救われたと、礼を言われるが、私の文章にそんなものがあるとは、私には信じられない。しかし真面目にそう言われ、礼を言われると、そうですか、と曖昧《あいまい》な受け応えしかできず、妙な気持ちだった。

名物の菓子や、酒や、大切な宝物をくれる若者もいた。「大事なものだから、いただくわけにはいかないよ」と言っても、「いいんだ。あんたならあげるよ」と笑って言われる。

その野球カードが、この原稿を書いている机の上に立ててある。ありがとう。

私は富士山で、ひとつ見てみたいものがある。それはかなわぬことなのだが、縄文人や弥生人が遠出をして、いきなり富士を見た時、どんな表情をしたのかを見てみたい。それまで見ていた九州、畿内の山々とはまるで違うものが目前にあらわれたなら、それは怖いだろうし、何だ、これは？　と最初は混乱したろう。最後は、やはり祈るのだろう。

若き日の母はぎゅうぎゅう詰めの（買い出し列車）中で東京までずっと両足が宙に浮いていたと話した。

「何のこと？」

「父さんがずっと抱いてくれてたの」

いったい何十時間、父は母をかかえていたのだろうか？　父ならやりそうなことだ。

かけがえのないとき

私が仙台に帰る日が決まると、その日の朝、お手伝いさんのトモチャンが、私の寝所兼食事場の私室に、蒲団を敷く。

それを見て東北一のバカ犬は、蒲団を手にしたトモチャンにむかって、闘牛よろしく突進して行くらしい。

「邪魔しないでよ、ノボ君」と言っても、尾を振り、興奮し、敷いたあとの蒲団の上で身体を反転したり、中に潜り込む。しばらくはそこで昼寝もするらしい。

「あなたが帰るとわかって嬉しいんですよ」

その日は玄関でじっとしていて、時折、遠吠えをする。

「まだか、ぐうたら作家はまだか〜」

昨日、帰仙してバカ犬の手術した左足の様子を見た。しばらくエリザベスカラーをされていたらしい。この犬、痛いという素振りをいっさいしない。家人がそれを見て言う。

「顔もそうですが、痛がらないのも本当によく似ていますね」

――なぜ、私の顔がこのバカに似とるんだ。

痛そうにしないかわりに病院が近づくと全身を震わせ、以前は歯音まで立てたという。それが医師の前に立たされるとピタリと震えが止まるらしい。それが可笑しかった。

昨夜半も、よく寝言、イビキ、そして何やら手足を動かしている。

「草原を走っている夢でも見てるんだわ」

私はそうは思わない。しあわせな夢なんぞ、人でも犬でも見るのは生涯で数度あればいい方である。

そんな時、私は本を読んでいるから、足で蹴るなり、手で頭をひっぱたく。頭を叩かれた時は目を開け、宙を見回し、私と目が合うと、

――もしかして、おまえが今、俺を叩いた？

という表情をする。私は知らぬ顔でいる。

私の蒲団から少し離れたところにバカ犬用のちいさな蒲団があり、犬の絵なんかが模様に

なったタオルと大小のぬいぐるみがある。

犬は一晩のうちに何度も寝る体勢を変えるが、奇妙に気に入ったぬいぐるみを枕がわりにしている。もうボロボロになったヤンキースのジーターのTシャツを着たクマがお好きらしい。マツイヒデキじゃないんだから。


朝方、喉が渇いて台所へむかうと、亡くなったお兄チャン犬の祭壇の写真が新しくなっていた。二歳くらいの時の、まだどこか戸惑いを持った表情がなつかしい。灯りを点けて祭壇のロウソクに火を点けた。バチカンのロザリオ。マザー・テレサの御絵。気がつけばノボも起きて来て、きちんと前足を揃えて祭壇の前で真剣な目をして座っている。

「その恰好やめなさい。真面目に兄のことを祈っている名犬と間違われるから……」

バカ犬がそうしているのは祭壇に供えてあるドッグフードとガムを狙っているだけだ。

仕方なしに一粒口に放ってやると、すぐに飲み込み、もうひとつよこせという。

もうすぐこんな時間も持てなくなる。

「おまえも私もキリスト信仰者じゃないから、どっかで中古の仏壇を買って来てやるよ」

この犬、時折、私の話を真剣に聞く時がある。歌もじっと聞き入る。ポップスより演歌が好きらしい。大川栄策など耳が動く（嘘ですよ）。

耳が遠くなり、ダッシュもしなくなり、以前なら庭に来る仔鳥、蝶にいちいち反応していたが、それも今は見つめるだけだ。

人間の六倍の速さで生きるらしい。私はその計算法はおかしいと思うが、初めて我が家にあらわれた時の、あの手のひらに乗った仔犬が、やがて驚くほどの運動神経で、走り、跳ね、吠え、腕の中でも重くなり、そうしてお兄チャン犬のアイスがそうであったように、こんなに軽くなったか、となり、召されて行く。

「もう一匹飼ったらどうかね？」

家人は断固として首をタテに振らぬ。

その理由が、夜半ロウソクの灯りの中で揺れているアイスの写真でわかる。

家人は今でも、早朝、アイスの夢を見て涙目で目覚めるらしい。

どんな家にも、どんな暮らしにも、かけがえのない時間というものがある。今は記憶の中にしか存在しないように思えても、それは生あるものが懸命に生きていた証しである。

バカ犬が急に吠えた。朝刊を配る人が来たのだろう。番犬として役に立っているのかどうかはわからぬが、バカはバカなりに、これも懸命なのだろう。オイ、少し休むか。

【著者略歴】

◉1950年山口県防府市生まれ。72年立教大学文学部卒業。

◉81年短編小説『皐月』でデビュー。91年『乳房』で第12回吉川英治文学新人賞、92年『受け月』で第107回直木賞、94年『機関車先生』で第7回柴田錬三郎賞、2002年『ごろごろ』で第36回吉川英治文学賞をそれぞれ受賞。

◉16年紫綬褒章を受章。

◉作詞家として『ギンギラギンにさりげなく』『愚か者』『春の旅人』などを手がけている。

◉主な著書に『白秋』『あづま橋』『海峡』『春雷』『岬へ』『美の旅人』『羊の目』『スコアブック』『お父やんとオジさん』『浅草のおんな』『いねむり先生』『なぎさホテル』『星月夜』『伊集院静の「贈る言葉」』『逆風に立つ』『旅だから出逢えた言葉』『ノボさん』『愚者よ、お前がいなくなって淋しくてたまらない』『無頼のススメ』『東京クルージング』『琥珀の夢』『日傘を差す女』。

初出　「週刊現代」2018年10月13・20日号〜2019年8月24・31日号
単行本化にあたり抜粋、修正をしました。

ひとりで生《い》きる　大人《おとな》の流儀《りゅうぎ》 9

二〇一九年十月一日第一刷発行

著者　伊集院静《いじゅういんしずか》

発行者　渡瀬昌彦
発行所　株式会社講談社
東京都文京区音羽二丁目一二―二一　郵便番号一一二―八〇〇一
電話　編集　〇三―五三九五―三四三八
販売　〇三―五三九五―四四一五
業務　〇三―五三九五―三六一五
印刷所　凸版印刷株式会社
製本所　大口製本印刷株式会社
定価はカバーに表示してあります　Printed in Japan

N.D.C. 914.6　190p　18cm
ISBN978-4-06-517646-7